汤姆·斯威夫特和三栖原子能车

【英】维克多·阿普尔顿Ⅱ 文
燕锐锋 等图
刘庆双 等译

江西·南昌
江西科学技术出版社

图书在版编目（CIP）数据

汤姆·斯威夫特和三栖原子能车 / (英) 维克多·阿普尔顿Ⅱ文；燕锐锋等图；刘庆双等译. -- 南昌：江西科学技术出版社, 2018.3（2024.1重印）
（汤姆·斯威夫特丛书）
ISBN 978-7-5390-5875-7

Ⅰ. ①汤… Ⅱ. ①维… ②燕… ③刘… Ⅲ. ①儿童故事－英国－现代 Ⅳ. ①I561.85

中国版本图书馆CIP数据核字(2017)第046835号

国际互联网(Internet)地址：http://www.jxkjcbs.com
选题序号：KX2016080
责任编辑：饶春垚
特约编辑：熊　玮

汤姆·斯威夫特和三栖原子能车　〔英〕维克多·阿普尔顿Ⅱ　文；
TANGMU SIWEIFUTE HE SANQI YUANZINENGCHE　燕锐锋　等图；刘庆双　等译

出版发行	江西科学技术出版社
社址	南昌市蓼洲街2号附1号 邮编：330009　电话：（0791）86623491　86639342（传真）
印刷	三河市嵩川印刷有限公司
经销	各地新华书店
开本	700mm × 1000mm　1/16
字数	114千字
印张	11
版次	2018年3月第1版　2024年1月第2次印刷
书号	ISBN 978-7-5390-5875-7
定价	39.00元

赣版权登字-03-2017-50

前言 QIANYAN

人总是离不开阅读，特别是在现代化信息时代，阅读无疑更是我们难求的一片宁静港湾，让我们有机会去感受、去体悟、去反思、去认证我们的这个世界和未来的世界。

科幻小说是一种起源于近代西方的文学体裁，在尊重科学结论的基础上进行合理设想后形成的文学作品，具备“逻辑自洽”“科学元素”“人文思考”三个要素。科幻小说与一般的传统小说不同，其特殊性在于它与科学技术的发展有着直接的联系，能让读者间接了解到科学原理。但它又是一种文艺创作，它扎根于社会现实，反映社会现实中的矛盾和问题，在科学技术发展的方向上，提供若干有参考价值的预见。有时，某些科学发明尚未出现，科幻小说里则已经进行生动的描绘，如潜水艇、机器人和宇宙航行等。

著名文学评论家布哈伊·哈桑曾说，科幻小说可能在哲学上是天真的，在道德上是简单的，在美学上是有些主观的，或粗糙的，但就它最好的方面而言，它似乎触及了人类集体梦想的神经中枢，解放出我们人类这具机器中深藏的某些幻想。

阅读科幻小说至少让我们有如下的感受:

一、文学的轻松愉悦

科幻小说的主题非常明显，它会涉及“未来”和“未知”、“科学”和“规律”、“生命”和“文明”、“生存”和“冒险”等等，每一本科幻小说都是一个全新的世界，每一次阅读都是一段全新、充满惊喜的精神旅程。

二、科学与严谨的想象

爱因斯坦说过，想象力比知识更重要，因为知识是有限的，而想象力概括着世界上的一切，推动着进步，并且是知识进化的源泉。通过阅读科幻小说，感悟其中的想象力，在人文、哲理的思索上，在思想道德意识的增强上所起到的作用是潜移默化的、是发散性的，其威力是不可估量的。

三、引发科学与理性的思考

科幻小说中的“科学方法”是一种有系统地寻求知识的程序，涉及“问题的认知与表述”“观察与实验搜集证据”“假说的构成与测试”。简单地说就是一个科学理论要经过观察、解释、预测、确认、评估、发表的程序，才能从一个假设发展成原理。科幻小说的“理性思考”就是遵从客观规律、进行逻辑分析的思考方式。

《汤姆·斯威夫特》系列曾是国外流行的科普小说，书中很多的科幻内容今天都已经变成了现实，它曾影响了几代读者，它伴随了很多人的成长。现以中文出版此书，相信书中的情节与科学，也会给中国读者带来同样的快乐体验。

目录 MULU

第一章 机场警报

“汤姆，你的新款原子能跑车太帅了。”菲利斯·牛顿说。

小汤姆·斯威夫特，18岁，正开着他那辆闪闪发亮的青铜色跑车，一边对身旁激动的黑发美女露齿一笑，一边沿着高速公路驶离肖普顿。

“你应该叫它‘无声旋风’！”桑迪·斯威夫特建议道，她是汤姆17岁的妹妹，和巴德·巴克利坐在车后座。

“好名字，桑迪。”汤姆称赞道，“但是官方公布的名字是‘三栖原子能车’。”

“给我们秀一秀吧，机长！”巴德催促汤姆。

汤姆向前推了一下单向控制操作杆，车像离弦的箭一样飞了出去！感觉非常平稳，也没有噪音，另外三个人都为车子的性能激动不已。

突然桑迪觉得呼吸困难。

“汤姆！在这个弯道减速！”她央求道。

但是装有透明圆形罩车篷的原子能车还没来得及减速，就朝着一堵石墙猛冲过去。

巴德·巴克利紧紧抓着汤姆的斗式座椅，喘着粗气问道：“怎么回事？”

“我也不知道！”汤姆叫道。他边用力向左扳转向杆，边用大拇指按最上方的刹车按钮。

没反应！很快车就会像一道青铜色的闪电一样劈向路堤。

就在千钧一发之际，汤姆按下了仪表盘上斥力装置的升降机开关，原子能车急速上升飞到离路堤仅几厘米的高度。之后汤姆关闭了所有电源，终于让原子能车平稳着陆。

“哦，我的天哪！”菲利斯虚弱地颤抖着。

两个女孩脸色煞白，被这场险些酿成的事故吓得喘不过气来，汤姆和他声音沙哑的黑头发同伴都感到身体有一点点颤抖。

“喂！你知道这到底是怎么回事吗？”巴德缓过神来问。

“还没，但是我正打算弄个明白——马上！”

汤姆收起车篷，跳出车子，打开车的引擎盖，很快便找出问题所在。

“随动系统的控制装置坏了。”他不悦地小声抱怨道，“怪不得扳动控制杆时它都没有反应！”

“不会是人为破坏的吧？”巴德问道。过去总有不讲道德的竞争者和对手想破坏斯威夫特一家人的新发明或科研项目。

汤姆摇摇头说：“没有破坏装置的迹象。而且即使在空军基地，或在费林岛我们自己的火箭发射基地，也不能确保百分之百不出问题。”

汤姆从车尾的行李箱中取出了工具箱和备用配件，快速替换了发生故障的装置。他还安装了一个附加的主控系统作为紧急备用，排除任何可能再次发生的意外。

“很抱歉吓到你们了。”汤姆和巴德回到车中时，汤姆向女孩们致歉。

巴德笑着说：“这就是所谓的为改装版赛车检测故障——就是太冒险了！”

“拜托！不要再拿这件事开玩笑啦！”菲利斯说。

“我和你们说啊，”汤姆边把车慢慢开回高速公路上边说，“我会在你们下次试驾之前发明一个防撞装置，美女们。”

“骗人！”菲利斯眨着褐色的眼睛看向年轻的科学家。

她和桑迪很快就沉浸在疾驰中，忘掉了刚刚惊悚的意外。汤姆解释了这辆车的引擎之所以没有噪音，是因为它是由安装在车轮上的四台小型电子发动机驱动的。

“操纵杆能控制一切吗？”菲利斯问道。

“差不多吧。”汤姆说，“加速、减速、停车、转弯或倒车都取决于你怎么操控这个杆。”

路过的摩托车手都对这辆有透明圆形罩车篷的跑车羡慕不已。汤姆驾车驶入乡村时，高速公路的左边环绕着赏心悦目的森林，右边的卡罗帕湖在六月骄阳下闪闪发光。

“你说的‘三栖’是什么意思？”桑迪坐在后座问道。

“呃，你知道两栖的意思吧？”

桑迪看向后视镜中，对他笑着说：“不要告诉我，教授。它应该是指一种既能上陆地又能下水域的东西，对吧？我知道舰队会进行两栖登陆，两栖飞机能从陆地也能从水中起飞。”

汤姆点点头说：“说得对。我的原子能车是三栖的，也就意味着它能在陆地驰骋、空中翱翔，还能在水中穿梭。”

为了给小伙伴们演示一下，汤姆按下仪表盘上的斥力装置键，汽车又一次缓缓离开地面。

“这是斥力装置升降机的作用。”汤姆解释道。斥力装置是一种斥力射线装置，是汤姆发明出来驱动他革命性的宇宙飞船“挑战者号”的。

汤姆突然驶离高速公路，驾车低空直飞掠过湖面，激起了浪花。

“哦，太有意思了！”菲利斯欢呼道，“既然车轮没有动，那是什么力量使汽车前进的呢？”

“一个小型空气喷射嘴。”汤姆回答道，“一旦车升空就不需要太多驱动力——仅用一根手指就可以推动车前进。”

桑迪低头看着蓝蓝的湖水开心地说：“我们就像在滑雪橇一样！但是如果斥力装置失灵了我们怎么办——会漂浮着吗？”

“当然。”汤姆轻轻按下开关，汽车缓缓降落在湖面上。“车身都是密不透水的，而且两边都有压载箱。”

“很适合钓鱼啊！”巴德说。

“它适合任何运输活动。”汤姆说，“我的这个宝贝可以穿过河流，在任何地形上都行走自如——泥泞沼泽、野灌木林，甚至是崇山峻岭。”

这个年轻发明家又说道：“斥力装置使原子能汽车比低空气垫车更灵活，而且也不会像那些车一样搅动泥泞道路上的泥浆土。”汤姆在返回城镇的途中表演了更多低空飞行的技巧，展示了这款车的“多才多艺”——甚至包括从树顶上掠过。

“不过，说真的，”汤姆补充道，“这款车最大的卖点，是可以不花一分钱行走几百甚至几千千米——但要在装入新型原子能动力舱（一种小型发电装置）后。”大声说笑的女孩们突然屏住呼吸听着。

这种微型发电装置是基于自身的革命性突破——将原子能直接转化为电能。汤姆解释道，他现在的原子能跑车模型暂时由太阳能电池供电，是用来展示的。太阳能电池是汤姆的另一项发明，用太阳射线来充电，放置在斯威夫特家的空间前哨站——斯威夫特家的载人太空装置，是一座最近建成的形如车轮的“工厂”。

“你的原子能动力舱什么时候能安装好，机长？”巴德问道。

汤姆耸耸肩露齿一笑，说：“等我们在实验室测试完之后。明天再回答你。”

快到肖普顿时，桑迪瞥了一眼手表叫道：“天哪！这次兜风太令人兴奋了，我差点忘了我们四点十五要到机场接艾德堂兄！”

汤姆吹了声口哨，说：“幸亏你提醒我！”

把菲利斯·牛顿送回家之后，其他人前往斯威夫特家。汤姆在此地把原子能车交给巴德，让他开回斯威夫特家的实验站。然后，汤姆和妹妹乘坐家里的汽车前往肖普顿机场。

艾德·朗斯特里特是一个25岁、身材瘦高，笑容可掬的男人，他是第一批到达出口的乘客之一。

“嗨，艾德！最近怎么样啊，环球旅行家？”汤姆边与堂兄握手边问道。

“非常棒！天哪！这个美人是谁？”

桑迪喜笑颜开地飞快吻了艾德一下。

然后他们跟着人群走进了航站楼。他们在行李提取处等待时，艾德讲述了旅程中的经过。

他的话被有线广播系统高声播放出的焦急声音打断：“请大

家立即离开航站楼！立即离开航站楼！请大家不要惊慌，快速离开！”

一阵令人惊愕的沉默后，人群开始向出口涌去。汤姆抓住桑迪的手对堂兄说：“快，艾德！我们快走！”

三个人刚到外面的停车场，就听到身后传来一声巨响。航站楼立刻浓烟滚滚。

“是炸弹！”汤姆大叫一声。

远处响起了警笛声。很快，吊车和天梯到了，还有一辆警车和一辆消防车。人们满心焦虑地看着警察和消防员冲进满是浓烟的大楼。

二十分钟后，排气扇吹散了最后几缕烟。同样的声音又一次响起，这次镇定多了，宣布道：“女士们，先生们，给你们带来了不便，我们深表歉意。现在航站楼已经安全。刚刚的爆炸是由烟幕弹引起的，我们希望警察能尽快逮捕犯罪嫌疑人！”

大部分人都长长地舒了口气，但有些人还很愤怒、震惊。

“好了，好了。”艾德·朗斯特里特用手帕擦擦前额说，“你们这些家伙真是为我准备了一场别开生面的欢迎仪式啊！”

汤姆苦笑着让桑迪带堂兄回到车里，他去取行李箱。很快他们就开车回家了。

他们到家后，汤姆的父母热情地招待了艾德。艾德坐在一

把舒服的椅子上，美丽苗条的斯威夫特夫人给艾德端来一杯冰镇果汁，桑迪讲述了机场爆炸恐吓事件。高大、结实的斯威夫特先生饶有兴趣地听着，他有着一双漂亮的眼眸。

“听起来像是有人搞的恶作剧。”他平静地说。这位著名的科学家和他出名的儿子天生有很多相似处。

艾德·朗斯特里特从西装外套里拿出一个皮盒交给斯威夫特夫人。斯威夫特夫人眼神闪烁，充满了期待。

里面是一条精致的银项链，带有血红色的宝石吊坠。斯威夫特夫人把项链拿到灯光下，红宝石熠熠生辉。

“太漂亮了。”她说，

“试戴一下。”艾德笑着催促她。

“你真的要把这个给我？”斯威夫特夫人深深地惊叹，声音发抖。

艾德点点头，拿出了一个小一点的盒子给桑迪。盒子里是一枚镶有红宝石的银戒指，红宝石和项链上的像是一对。桑迪开心地喊着：“哦，太漂亮啦——太漂亮啦！”

桑迪和妈妈喜笑颜开，连连表达谢意，还很开心地把礼物给汤姆父子俩看。艾德也很开心。

“其实这两颗宝石是特价商品。”他解释道，“是我在一个集市上买的，当时没有镶嵌。”

艾德继续说：“这些红宝石还有一个秘密。”

“秘密？”桑迪睁大了眼睛。

艾德的眼睛炯炯有神。他说：“你们最近一定在报纸上看到过卡布里斯坦的消息，那里最近刚刚独立。以前那里有一座著名的红宝石矿山，叫埃米尔矿山。今天已经没有人知道它的位置——那个矿山已经消失近两个世纪了。”

“你不会是想说这两颗红宝石就来自那座矿山吧？”汤姆问道。

“你猜对了。”艾德说，“我后来找人把宝石镶嵌起来，珠宝商看这宝石的色泽，怀疑它们来自传说中消失的埃米尔矿山！”

“哇喔，太棒啦！”桑迪欢呼雀跃。她的妈妈补充道：“如果有人能找到它们，那真是如获至宝啊！”

艾德笑笑：“不管你们信不信，我买了一本书，里面有找到矿山位置的线索！我要把它给汤姆。”

艾德走向放在楼梯处的手提箱，打开箱子摸索着。他翻遍了箱子，脸上露出了局促不安的神情。

“书不见了！”他大叫道。

第二章 太空舱爆炸

“你确定你把书装进箱子里了吗？”汤姆问堂兄。

“确定。而且它可能是现存的唯一一本了，如果书里真有埃米尔矿山的秘密的话，那可是个无价之宝！”

艾德继续在手提箱里疯狂地翻找，但最终绝望地放弃了。

“书名叫什么？”桑迪问道。

“《在遥远的阿拉伯半岛旅行》，”艾德回答道，“是一个名叫道尔顿的人在1728年写的。”

艾德说，在听到珠宝商无心的话后，他就开始寻找那一时期有关卡布里斯坦的书。在一家旧书店里，他终于发现的埃了《在遥远的阿拉伯半岛旅行》这本书，书中描述了作者只身去矿山旅行的经历。

“我简直太傻了，应该再谨慎些！”艾德责备自己，“任何人都可以用一枚安全别针打开箱子的锁！一定有人在我来肖普顿的途中偷走了我的书！”

突然汤姆的眼睛里闪过一丝怀疑，说：“机场的炸弹恐吓，一定是有人故意安排的，让窃贼有机会在行李提取处偷走手提箱里的书。”

汤姆大步流星地走向电话，给在肖普顿警察局工作的朋友斯莱特局长拨打了电话。在说明原因后，汤姆详细询问了爆炸案的细节。

“在X城航班到达后不久，我们就接到了一个匿名电话，称有人在航站楼放置了一枚炸弹。”斯莱特局长说，“我本能地立即向机场管理人员致电，命令他们立刻清空机场。我们没有必要冒险。之后，我们追踪并锁定电话是从候机厅旁的电话亭打来的。”

“有人注意到打电话的人长什么样了吗？”汤姆问道。

“有。一名飞行员描述了他看到的可疑人物——一个身材高大，面色土黄，还镶了几颗金牙，穿着浅色热带服装的男人。”

汤姆转身对艾德讲了飞行员描述的体貌特征。“怎么可能，那个人坐飞机时就坐在我旁边！”艾德大叫道，“而且他还想和我聊天！”

汤姆将这个信息转达给斯莱特局长。“不错的开头，”局长说，“我会检查一下乘客名单，但那个人很可能用的是假名。如果我们找到他，我会及时通知你，汤姆。”

“非常感谢，局长。”汤姆挂掉电话，转身眉头深锁地面向大家。“艾德，看起来正如你所说的，这本书真是无价之宝啊，‘金牙先生’也想找到失踪的红宝石矿山，或者他已经下定决心阻挠你找到任何关于矿山的线索。”

斯威夫特夫人希望他们的客人能从丢书的失望中分分神，催促桑迪快点帮她摆好桌子，准备吃晚餐。炸鸡和饼干的香味已经从厨房飘出。

同时，汤姆和他的父亲又一次满心赞叹地端详了那两块红宝石。“我想知道怎样能把这两块宝石当微波激射器用呢？”小汤姆说道。

“微波激射器？那是什么东西？”艾德询问道。

“用来产生和放大微波的装置，”汤姆回答道，“但我说的是光微波激射器——有的人也叫它‘激光’。你把微波激射器的原子装满能量，它就会释放出单一精确频率的光波，就像收音机里的振荡器发射出的频率一样。”

“用一颗红宝石棒做成一台微波激射器，”汤姆继续说，“它很有可能利用所有精确相位的光波形成强大的集中光束。”

“为什么不用普通的聚光灯？”艾德问道。

斯威夫特先生笑笑说：“相比之下，用那个就太不精确了——像从电火光中发射出的无线电信号。一颗红宝石微波激射器发射的是单一频率的光束。”

“这就形成了一种理想的交流方式，”汤姆补充道，“因为一条光束由更高的频率形成，可以比无线电频道记录更多的信息。例如，一台十万兆周的微波激射器可以记录现存的所有通信信道的信息。”

艾德深感赞叹：“真是高效啊，对吧？”

“是的，我已经在试着把它作为前哨站的宇宙通信工具，”汤姆告诉艾德，“如果有敌人干扰了我们的无线电广播信号，我们很快就能得知。当然，我一直用的都是粉红色的合成红宝石。天然红宝石包含更多的铬。如果能看到它们产生类似的微波激射作用，那一定很有趣。”

“哼，不要妄想在我还没戴上戒指前就拿去做实验！”桑迪大叫道。

晚饭期间，艾德·朗斯特里特讲述着他游历中的故事，斯威夫特一家人听得很入迷。

“你去过卡布里斯坦吗？”桑迪问道。

“没有，我订不到机票，”艾德遗憾地说，“那里现在已经向外界开放，很多外国游客和商人都蜂拥而入，导致本来就为数不多的航班提前很久就被抢购一空。”

艾德看了一眼汤姆说：“说到商人，我遇到了一位叫普罗法德的银行家，当他听说我是著名的斯威夫特发明家的亲戚时，表现出极大的兴趣。”

“他是A国人吗？”汤姆问道。

“是的，我感觉普罗法德先生可能会联系你。”

“也许他想让汤姆为银行金库发明一个新的防盗警报器。”

器。”桑迪咯咯笑着说。

“他更有可能正在核查我们的信用，”汤姆冷淡地说，“爸爸，您最好保证我的原子能太空舱实验不会造成集团财政赤字。”

斯威夫特先生笑着说：“完全没有风险，儿子。我有种预感，这次的太空舱会是斯威夫特企业集团进行的收益最丰厚的项目！”

早上，斯威夫特夫妇和桑迪准备与客人和菲利斯一家一起乘坐美丽的双桅纵帆船“日斑”在海上航行一天。汤姆正快马加鞭赶去他在斯威夫特企业集团的私人实验室。方圆四平方千米的地盘上，有着的现代化的工作站及实验室，这是汤姆父子俩创造科学奇迹的实验站。

汤姆迫不及待地要对他新的微型发电装置进行最后的测试。因为他的原子能车只需要安装原子能动力舱了，假如测试结果令人满意的话。

“难度好大的假如啊！”汤姆自嘲地想。

实验室的一角有一个由钢筋混凝土筑成的隔间，其防辐射层用的是斯威夫特先生发明的超级塑料托马塞特，还安装了一个特殊的排气系统来处理危险的原子蒸气。这个隔间还装有石英玻璃窗和外部控制台。在内部，动力舱被放置在一个试验台上——它的大小等同于一颗普通的原子能电池。

汤姆快要连接完各部分电源时，警报突然响起。他立刻警觉起来。他想："是主雷达警报！"

汤姆轻轻拂去雷达显示器上的灰尘，看到一个光点正快速在屏幕中央呈曲线形移动——很显然是一架飞机。

汤姆迅速抓起电话，拨通了控制台："怎么回事？"

"一架小型喷气式飞机正在工厂四周环飞，"塔台操作员报告说，"飞行员请求着陆，说他叫西蒙·韦恩。

"他有什么事？"汤姆问道。

"他说他有重要的事情要与你单独会面。"

汤姆犹豫了一下说："好吧，让他着陆。"

汤姆离开了玻璃幕墙的实验室，向外走去，他用手遮着眼睛向天上望去。一架印有红黑相间徽章的流线型喷气式飞机呼啸着降落在一条水泥跑道上。汤姆跳入一辆吉普车加速前进，与他会面。

当汤姆到达实验站的飞行区时，另一辆从企业安保大楼里驶出的吉普车也和他一起来了。那辆车的司机是身材消瘦、黑头发的哈伦·艾姆斯，斯威夫特企业集团的安保部主管。艾姆斯跳出吉普车与汤姆并排站着，等待着他们的来访者。

飞行员是一位约50岁，身材高大、面色红润的男人。但是让人印象最深刻的，不是他魁梧的身形，而是他巨大的金色八字胡。那八字胡长至他饱经风霜的脸颊两侧，显得尤为引人注目。

“汤姆·斯威夫特？”他大声问。

汤姆点点头并和他握手。“这是哈伦·艾姆斯，安保部主管。”他补充道。

来访者与艾姆斯握手。“我叫西蒙·韦恩，”他说道，“欧罗巴工厂的A国代表——我猜你们一定已经从我飞机的标志上看出来了。”

汤姆和艾姆斯都知道欧罗巴工厂很有名，很多人至少听过这个名字。它是一家欧洲工厂，由世界上最大的一家制造企业经营。

“非常不正式的拜访方式，对吧？”艾姆斯说。

韦恩盯着艾姆斯看了一会儿，大笑起来。“我做事总是很着急！”韦恩说，“这是我最近拜访竞争对手的唯一方式。我想见汤姆·斯威夫特，又正巧飞到这边，所以我就下来了！”

“你找我有什么事？”汤姆礼貌地打断了他。

韦恩突然变得严肃起来说：“我们可以在哪里谈正事？”

几分钟后，他们来到了汤姆父子俩共用的宽敞明亮的双人办公室，两人分别坐在巨大的现代化办公桌两端。

“请讲，韦恩先生。”

“我在近期的科学杂志上了解到你新发明的微型发电装置，据说它可以直接从原子反应中产生电力，”韦恩开始说道，“欧罗巴工厂可以采用你的新发明。你对我们也会很有帮助。开个价吧。”他说着拿出支票簿，举起了钢笔。

汤姆大笑起来。“真是过奖了，韦恩先生，但是我的微型发电装置是不出售的，我也不需要找工作。抱歉，我父亲和我都认为我们这儿有世上最好的科研设备。”

韦恩开了一个很高的价钱，接着又给出了双倍的价格，汤姆还是摇了摇头。“不好意思，我还是不会出售。”

韦恩笑了。“很好，我喜欢有主见的年轻人。”他收起支票簿和钢笔，从钱包里拿出一张名片递给汤姆，“但是如果你改变主意，我的提议仍然有效。”

在目送拜访者开着飞机离开后，汤姆回到了私人实验室，他被韦恩这突如其来的要求搞得有点晕头转向。

“那个八字胡的家伙是谁？”稍后，巴德走进实验室时问道。

“一个来自欧罗巴工厂的叫韦恩的家伙。”汤姆说到拜访者的请求时咧嘴笑了起来，“但是不用在意他。我倒想看看这些企业在这儿怎么扩张。”

巴德在门口急切地看着测试间，汤姆又最后查看了一些细节。

发电装置设在一个长方形的小箱子中。两端各有一个青铜制作的凸点，一个是正极一个是负极，通过这两个点可以消除输出的电力。一条护套电缆从箱子引出到一个小型控制盒，并与外部控制仪表台相连。

“祝我们好运吧，伙计。”年轻的发明家嘟囔着从隔间里出来，旋转杠杆闩上了门。

巴德是一个年轻的飞行员，与汤姆同岁，他见证了好朋友汤姆的所有发明过程。他是汤姆的副驾驶，两人一起经历了很多冒险。每次陪汤姆试验一种新发明，都是一次紧张刺激的体验。

“祝你好运，天才小子！”

汤姆递给巴德一副深色的护目镜，自己也戴上一副，然后打开了开关。

输出瓦特计的指针猛摆到右边。一瞬间，两个男孩摔了个四脚朝天，一声巨大的爆炸声震颤了整个实验室！

第三章 引起怀疑

测试间的石英玻璃后面燃起了熊熊烈火，一阵灾难警报响彻了实验站。

汤姆和巴德挣扎着缓缓站起，灰心丧气地看着实验室里的残迹。书籍、文件柜、电子齿轮和其他贵重设备凌乱地散落着，和满地玻璃碎片混杂在一起。实验室里弥漫着破碎的化学药品瓶散发出的臭气。

“老天啊！怎么回事？”巴德喘着粗气问。

“原子能动力舱爆炸了——压力太大就爆了。”汤姆沉重地说。

尽管两个人都被摔得头晕目眩，满身瘀青，但都没受重伤。声响已经惊动了实验室外的员工，他们全都冲进来看到底是怎么回事。

“巴德，让大家都出去！”汤姆喊道。

巴德忙着执行命令时，汤姆快速瞥了一眼辐射测量仪。“谢天谢地！”他嘟囔着。很显然，反应物已经被安全地禁锢在试验间里了。

汤姆一把抓起电话拨给了安保部的艾姆斯。“巴德和我都很安全，”他报告道，“但是有一处原子反应失控。马上把净化队派来！”

接下来的几个小时，汤姆在繁忙地处理灾难中度过。最后，汤姆在反应堆冷却后设计了一个销毁辐射残渣的程序，这需要用上好几天时间。在这个过程中，测试间必须拆除，建筑材料也必须谨慎处理。

直到午后，汤姆终于能一屁股坐到办公室的椅子里与巴德放松一下，享受一壶热可可了。

“真倒霉，机长，”巴德同情地说道，“你预料到了会发生这样的事吗？”

汤姆耸了耸肩，说：“我知道有风险。但是我以为已经解决了压力问题。我已经用了我能找到的与动力舱壳最相配的金，就是在幻影卫星上发现的卢奈特合金。”

“但动力舱还是爆炸了。”

“是的，”汤姆沮丧地说，“真该死。巴德，我恐怕找不到足够强大又轻巧的金属来控制我的反应过程了。”

“不要担心，你迟早会成功！”巴德说着拍了拍汤姆的肩膀，“我猜你现在一定已经想出了可行的实验计划。”

汤姆挠了挠头，苦笑着说：“我倒希望是呢。现在我们不得不推迟发布有关原子能车的消息了，我接下来几天都用不了这个专业实验室了。”

这个年轻的发明家并没有因为这场意外停止工作，他决定在一个更小的实验室尝试用他的红宝石微波激射器做进一步的通信试验。

“你想看吗？”汤姆邀请巴德。

“当然，我还没见过这个东西呢。”

年轻人们走进实验室，巴德近距离仔细端详了汤姆的设备。

“嗯，看起来像一个奇特的探照灯——装置在大型手枪上的。好吧，天才，给我讲讲这都是干什么用的。”

汤姆笑着指向圆锥形金属装置宽口的一端说：“在这部分里面是激光反射器、闪光灯和聚光器。”汤姆指向装置的窄口端说：“这里面就是红宝石棒。”

微波激射器的窄口端装有聚焦输出透镜。

“那这些是做什么用的？”巴德指着两根与红宝石棒连接的软管问道。

“它们是用来冷却红宝石棒的。红宝石棒两端都经过银加工，会有液体流过。这第三根软管是用来给闪光灯充电的。”

“像是手枪扳机的部位是什么？”

“这是一个手环。这儿的‘扳机’是电源开关。”

红宝石棒的顶端是一个聚焦控制器，微波激射器底端是一个三脚架操作底座。

“我要试着给前哨站发送一条消息。”汤姆说。

“来吧！”巴德迫不及待地催促道。

汤姆插入一个小型喉式传声器，然后对准头顶正上方的装置。

“我希望不久就能使这个模型百分之百便携，这样我们就可以随时与太空站交流了。”他解释道。

汤姆发射简讯只用了几秒钟。等了几分钟之后，他们通过接收器，收到了回复：

“我收到你的消息了，机长。不太清楚，但是我想说微波激射器在必要时真的可以扭转局面。完毕。”

“这次只是试验，”汤姆回应道，“我会和你保持联系。”

汤姆关掉广播。巴德此时已经被激起极大兴趣，问道：“我想知道你还能联系到太空站里的其他人吗？”

“我们试试吧。”汤姆发射了一个信号，但是试了好多次都没有回应。

巴德笑着说：“也许你用个真的红宝石，就能达到更好的效果了！”

“我同意你的说法，”汤姆说，“伙伴，如果你发现身边有没用过的红宝石就告诉我啊！”

晚上，大家都回来后，汤姆讲述了这天发生的事。然后说：“爸爸，我刚刚看了一些有关大本营的报道。我十分确信他们可以给我的微型发电装置提供更好的外壳。”大本营是斯威夫特家族的原子能研究工厂。

斯威夫特先生饶有兴趣地听着，汤姆解释说一种新人造元素的稳定同位素数据给他留下了深刻的印象。从它的物理性质和化学性质上看，好像这种同位素对于研发新的原子能动力舱外壳会有很大作用。

“其实，我正考虑飞往大本营，在那儿的实验室工作几天。”汤姆说。

“哦！重大新闻啊！”桑迪听到这个计划大声叫道，“我猜巴德也会去吧，学校都放假了，菲利斯和我也去怎么样？当然你也要去，艾德堂兄！”

汤姆笑着表示同意，但是艾德·朗斯特里特拒绝了。“这听起来可能很傻，”他说，“我要试试能不能在公共图书馆找到一些关于卡布里斯坦失踪的红宝石矿山的信息。”

桑迪拿起电话打给了菲利斯·牛顿。菲利斯的爸爸——牛顿先生和斯威夫特家没有血缘关系，但是汤姆和桑迪总是叫他“奈德叔叔”。牛顿先生是斯威夫特先生的老战友，也是斯威夫特工程公司（负责制造斯威夫特家的发明）的现任经理。

菲利斯对桑迪的提议表现出极大的热情，马上征得了父母的同意。第二天中午，四个年轻人看着“蓝天女王”被从斯威夫特企业集团的地下飞机库里吊起，然后由牵引车拉到了跑道。

这架巨大的原子能飞机通常被叫作“飞行实验室”，它伴着汤姆进行了第一次冒险。那次汤姆正对抗一帮寻找贵重放射性矿床的南美洲叛军。最近，他发明了电子水肺，用它搜寻在南大西洋深处丢失的木星探测导弹。

汤姆正检查着“蓝天女王”上的装备，突然一个响亮的声音冲破他的耳膜。“想吃苹果馅饺子吗？没有我你没办法西行吧，老板？”是乔·温克勒，参与斯威夫特家所有探险的友善的厨师，他从飞机场偷偷跟到这里，身后还拖着一车食物。

乔是A国大草原区的前流动炊事车厨师，第一次与斯威夫特家相识是在他们的一次旅途中。像往常一样，这个矮胖的厨师戴了一顶宽边高顶帽，穿着一件花哨衬衫。

“嗨！小心！”巴德大声地提醒女孩们，并一脸害怕地看着乔的大花衬衫，“我还以为是装原子能炸弹的箱子走过来了呢！”

“你就是在嫉妒，小伙子，”乔厉声说道，桑迪和菲利斯在一旁笑着。他转向了汤姆补充道：“嗨，头儿，怎么样？带我一起吗？”

“当然带你啊，老前辈，”汤姆安慰道，用胳膊挽住乔，“我们临时决定的这个计划，忘记告五分钟后，“蓝天女王”呼啸着飞离跑道，以超音速向西层舱板的太空船一小时后到达

大本营。

随着色彩明艳的峡谷和平顶山变成贫瘠的灌木丛地，大本营进入了大家的视线——风车状的超现代实验楼和宿舍楼群，围绕着一个放置着主反应堆的巨大的白色混凝土中央圆丘。整个研究工厂都被铁丝网围住，并有无人飞机和雷达守护着。

他们刚到这儿，汤姆就去了私人实验室埋头苦干。一直到下午，他还在努力工作。巴德和两个女孩知道劝他休息也没用，就一起驾驶吉普车去一个他们最喜欢的地点野餐。

突然，巴德在一条沙地小路上刹车。“嘿，那个家伙在那儿干什么呢？”他怀疑地嘟囔着。

在他们上方的平顶山上，有个人正坐在一个画架旁，用双筒望远镜向远方眺望。

“看起来像一个艺术家。”菲利斯说。

“但是他为什么要用那副望远镜窥视大本营呢？”巴德问道。

很显然那个人在故意窥视原子能研究工厂。巴德从吉普车上跳了下来，顺着满是卵石和灌木丛的山坡爬了上去。那个坐在画架旁的年轻人长得瘦高结实，有着一头蓬乱的红色头发。他停下来看了巴德好一会儿，又回去拿起双筒望远镜。

“你用这个望远镜干吗？”巴德厉声问道。

“为了看得更清楚一点。”那个男人简洁答道。

“当然能看得更清楚了，”巴德说，“提醒你一下，那可是一家高度机密的研究站！”

“我离得这么远，不可能偷走任何机密。”红发男子微笑着上下打量巴德一番，又举起了望远镜。

巴德被这个家伙明显的傲慢激怒，把望远镜从他手中夺了下来。

“请还给我。”红发男子说道。

“我会给你一记下勾拳，如果你不解释清楚你到底在这儿做什么的话！”巴德抓住他的马球衫咆哮道。

接下来发生的，就是巴德脸上立马挨了一拳。这个强壮的飞行员踉跄着后退，丢下了望远镜，挥舞着拳头猛烈还击。

“巴德！住手！”桑迪和菲利斯一边飞奔上山一边命令道。她们站到两人中间，使劲分开这两个对手。“巴德——这是奥顿·斯罗姆！他是著名的抽象派画家！”

“而且斯罗姆先生还是一位著名的战争英雄和喷气式飞机驾驶员。”菲利斯补充道。

巴德马上住手，他突然想起以前读过的关于奥顿·斯罗姆和他的海上战斗舰队的各种报道，吃惊地张大了嘴巴。

“我——我太抱歉了，斯罗姆先生，”他抽回了手，“可能是我太心急了。”

“很有力的左勾拳。”这个高手咯咯地笑着与巴德握手。“也不能怪你怀疑我。我觉得我也不应该用望远镜在这儿研究大本营。顺便说一下，叫我奥顿就行。”

“我叫巴德·巴克利。”巴德回答道，“这是桑迪·斯威夫特和菲利斯·牛顿。”

双方的自我介绍被桑迪惊慌失措的话语打断：“我的红宝石戒指！它——不见了！”

那个戒指很大，刚才她拉架时，戒指就从手指滑下去了。巴德发现戒指正在他脚下——金属圈已经严重变形，顿时尴尬得脸红起来。

奥顿·斯罗姆提议说几公里外的陶斯有一位著名的珠宝商可以把戒指修好。桑迪和菲利斯都对这个提议非常赞同。谈话最后，他们邀请奥顿一同进餐，奥顿同意了。

第二天，巴德和女孩们劝说汤姆从实验室的工作中抽出一下午，带她们去陶斯。高速公路设在格兰德河旁，两侧长满了一枝黄和野花。陶斯是一座A国古雅的西部小镇。一大片遮住积满灰尘的街道的棉花森林，自镇上最著名的居民凯特·卡森的年代就已经存在。

汤姆驱车穿过熙熙攘攘的广场到达三公里外的原住民保留地。陶斯始建于哥伦布发现美洲之前，矗立在烟蓝色山脉脚下的一片平原上，像一个孩子搭建的褐色沙雕城堡。黑头发的印第安人穿着毯衣，坐在公寓红绿相间的门前。

“太有趣了！”菲利斯喝彩道。

在游览了保留地后，汤姆回到了城镇。在这里一个原住民指引他们去了本·加斯的土坯工作室。当桑迪给他看戒指时，这位珠宝商的眼睛一亮。

“我从来没见过这样的红宝石，”他说着，用一个专用环检查着宝石，“这个宝石成色很好。”

“你认为它来自卡布里斯坦吗？”汤姆随意地问道。

加斯抬头看着他：“太奇怪了，真的。我只在博物馆里见过一些卡布里斯坦矿山的宝石样本，但是这个在颜色上和那儿的宝石很相像。”

这时菲利斯喘着粗气指向窗口。大家转过身去，看到一个戴着头巾的男人突然躲出了大家的视线！

第四章 令人吃惊的来电

巴德迅速地反应过来，冲出了工作室前门。他和戴头巾的男人迎面相撞！猛烈的碰撞使巴德一下子说不出话来。恢复过来后，他抓起男人的胳膊责问道："你为什么监视我们？"

"很抱歉，但是我没有。"男人甩开了巴德的手，"我只是正要进工作室，恰巧路过窗户旁就向里面瞥了一眼。现在你可以让我进去了吗？"

"好吧。"

巴德站到一旁，用既困惑又吃惊的眼神盯着他。那个陌生人调整了一下他的金丝头巾，走了进来。

"我叫米尔扎，"他说，"小汤姆·斯威夫特先生在这儿吗？"

每个人都吃惊地看着他。汤姆大声说："我是汤姆·斯威夫特。"

那个男人行了个礼。"我是泛伊斯兰工程联合公司董事长纳汗·弗拉伯先生的秘书。弗拉伯先生现在正在你的原子能研究站，希望尽快与你商讨一些事宜。”这位秘书解释道，“弗拉伯先生专程飞来只为了见汤姆·斯威夫特。他直接从机场坐车去了大本营。在那里，弗拉伯先生得知汤姆·斯威夫特来到了陶斯，就派我来通知你立刻回研究站。”

“为什么他不亲自来陶斯？”巴德责问道。米尔扎只是耸耸肩。

汤姆也对这个专横的要求有些不满。很显然弗拉伯习惯了发令让其他人遵循。既然他已经从大老远来到这里，就一定有要事相求，而且亲自来见汤姆才显得有礼貌。

汤姆皱了一会儿眉说道：“菲利斯，桑迪，很抱歉这事打乱了我们的外出计划，但是我最好还是回去一下。巴德，你和女孩们可以待在这儿。我让米尔扎先生载我回去。”

到达了大本营，汤姆看到来访者正在接待楼的大厅里来回踱步。弗拉伯身材消瘦，长着鹰钩鼻子和整齐的黑胡子，怒视着汤姆打了个招呼。

“我都在这儿等了你四个小时了。”他一边和汤姆握手一边抱怨道。

“如果你提前打一个电话或发一个电报，我们都能省去很多不便。”汤姆心平气和地回答，“我希望你在这儿过得愉快。”

弗拉伯哼了一声。“一个可笑的牛仔给我送上了午餐——

一个响尾蛇肉调制品。当然我连碰都没碰。”

汤姆忍着没笑出来。他说：“乔很可能觉得这样做是在表达对你的尊敬。他有时确实会准备不寻常的美食。”

他说着仔细打量了这个来访者。弗拉伯穿着一件闪亮的灰色丝绸衣服。汤姆被他的红宝石领带夹吸引住了。

“也许去我办公室商讨会更舒服些。”汤姆说。

当他们走过一幢实验楼时，年轻的发明家说：“你的领带夹可真漂亮，先生。那上面的是卡的红宝石，对吗？”

弗拉伯轻蔑地咧嘴笑着，露出了洁白的牙齿。“恐怕你对红宝石的了解不如你对科学技术那般专业，亲爱的斯威夫特先生。这是一颗鸽血红红宝石——一位同事给我的礼物。”

“是我的错。”汤姆笑着说。

他们来到了实验室旁的办公室，汤姆给客人一把椅子，然后在桌子后面坐了下来，问道“我能为你做些什么，弗拉伯先生？”

“我的公司——泛伊斯兰工程联合公司，”弗拉伯骄傲地说，“我们正在建造道路、桥梁和精炼厂，用的都是我们国家的技工。比起让贪婪的外来者占据一席之地，这是更好的方式！”

汤姆点头说：“我相信科学没有国界。所有的国家都有权分享科学的进步。”

弗拉伯阴沉着脸说：“很不幸，一些国家利用他们科学界领袖的地位，将他们的意志强加给科学落后地区。”

“是有些国家这样做，”汤姆冷静地同意，“但A国没有。”

弗拉伯不耐烦地耸耸肩。“无论如何，我公司想使用你的新款微型原子能发电机。因此我们愿意支付任何合理的价格，来购买你这项发明的唯一工业使用权。”

汤姆大吃一惊，然后笑逐颜开地说：“这是近几天我收到的第二份报价了，弗拉伯先生。我对这两份报价的回答都是拒绝。如果我的微型发电装置已经完美无缺的话，我会销售或租赁给任何可以帮助人类的地方。”

弗拉伯的眼睛闪闪发光。“你的意思是你会用它作为一个工具来帮助任何贫困国家进步！”他咆哮道。

电话响起来，汤姆拿起电话，听了一会儿，脸上露出愉快的表情。

“不好意思等我一下，先生，”汤姆对弗拉伯说，“你的秘书好像正试图在闯入一个不属于他的地方。”

汤姆快速跑出去，发现乔·温克勒紧紧地抓住米尔扎，还用套锁绑着他。

“我发现一条‘响尾蛇’溜进了我的厨房，透过玻璃偷看！”乔·温克勒报告道。

米尔扎的身体颤抖着，不知是由于愤怒还是害怕。这位秘书面如死灰地嘟囔着莫名其妙的话。

"好了，让他走吧，乔。我来处理。"汤姆说。他警告这个囚犯说："在原子能研究站闲逛是很危险的，米尔扎，下不为例。"

"我觉得你最好也留意一下他的老板，"乔警告道，"我从来不相信一个不懂得欣赏美食的人！"

汤姆笑着回到了办公室。米尔扎沉默地跟着他。与此同时，弗拉伯的脾气也有所缓和。

"你对我的提议断然拒绝，是吧？"他问汤姆。

"恐怕是的，先生。"

"那我就没有理由再留在这儿了。"弗拉伯转身用听起来像阿拉伯语的语言向秘书厉声发布命令。

汤姆很有礼貌但很坚定地送他们到车上，然后目送他们离开。

"既然已经回来了，最好还是回去工作吧。"汤姆想着。

二十分钟后，他将一批熔融金属从一台微型电子火炉倾倒到一个小桶里。这种白色高温的物质是一种新的合金——卢奈特，含有0.007%的稳定同位素。汤姆带着一副深色护目镜作为保护，还戴着石棉手套，系着围裙。

他刚倒完合金，突然耳边传来一阵嘶嘶的物品爆裂声。他转过身，吓得倒吸了一口冷气。他的工作台火光一片——火花正在逼近一个装满易燃化学品的架子。

汤姆按下警铃，抓起了灭火器。幸运的是，援兵赶到前他就熄灭了火焰。

“怎么回事？”在确定危险消除后，消防队长问道。

“我也不知道，”汤姆把护目镜推了上去，然后拨弄着烧焦的残骸。“哦——哦！我找到答案了，”几分钟后他向大家宣布，“连接我的玻璃高温计杆的电线刚刚一定发生了短路。这个扭结表示这儿的绝缘皮很有可能磨损了。”

大家离开后，汤姆修复了被毁坏的电线，继续工作。那晚，巴德、桑迪和菲利斯从陶斯回来后，四个年轻人在图书馆享用着汉堡和牛奶。在听说下午起火后，巴德满脸怀疑地皱眉，问道：

“你是说当你出去解救那个鬼鬼祟祟的秘书时，弗拉伯待在你的办公室里？”

汤姆点点头。

“那你怎么知道不是他造成短路的呢？”巴德问道，“当你不在的时候他完全有可能溜进实验室。”

汤姆皱着眉。“是有可能。但是他为什么要这么做？”

晚上入睡前，汤姆给在企业集团的哈伦·艾姆斯发了一个无线电消息。他让这位安保部主管查查弗拉伯和泛伊斯兰工程联合公司。

午夜后，汤姆被桌子旁刺耳的电话铃声吵醒。他睡眼惺忪地摸索着电话。

“你好？……我是汤姆·斯威夫特。”

“我是陶斯的本恩·加特，”电话另一端说，“我刚刚吓到了一个闯进了我工作室的贼。我觉得我最好立即通知你们。贼就是来找你的那个戴着头巾的人！”

第五章 恶魔的诅咒

“你是说米尔扎？”汤姆完全清醒了，笔直地坐起来。

“是的。我的工作室因为保存着珍贵的宝石和贵重的珠宝，所以安装了防盗报警器，”加斯解释道，“警报响起，我立刻跳下床，冲到工作室想及时抓住他。但是他和我动手打了一架，然后从窗户逃跑了。”

“我妹妹的红宝石戒指呢？”汤姆问道，“我想她把戒指放在你那里了吧。”

“是的，不用担心。还在我的保险箱里。实际上，目前我还没发现他偷了什么东西。”

加斯补充道，他已经叫了警察，他们正在彻底搜查嫌疑人。他们还设置了路障，希望阻止米尔扎逃跑。

“我打给你是想警告你，那个家伙是一个罪犯——甚至可能是个危险的罪犯，”加斯说，“也是想看看你是否有关于他的信息。”

汤姆说了所有他知道的关于米尔扎和他雇主的信息。“他们下午离开这里时，弗拉伯说他们要飞回X城，”汤姆总结道，“为什么不和机场核实一下呢？”

“好主意。我会通知警察的。”

加斯挂断电话后，汤姆睁眼躺了将近一个小时，思考着。米尔扎想要的是桑迪的红宝石？还是他只是被工作室四处放着的贵重珠宝所吸引？

第一眼在工作室玻璃后面看到米尔扎时，汤姆就觉得他鬼鬼祟祟，很可疑。“加斯那时恰好又说，红宝石一定是来自卡布里斯坦矿山！”汤姆回想着，“不论哪种情况，他的雇主弗拉伯在其中到底起了什么作用呢？”

弗拉伯的红宝石领带夹在汤姆的脑海里闪烁，最后他终于打起了瞌睡。

早餐时汤姆告诉了大家米尔扎闯入工作室的事，桑迪叫道：“想想就知道他想偷我的戒指！”

巴德举起一叉子培根和鸡蛋说：“也许他就是窃盗贼。”桑迪刚喝完橙汁，听了这话一下子被呛到，大笑着把饮料都喷出来了。

巴德使劲拍她的背然后转向汤姆。“说真的，机长，我警告你，那个入侵者和他的老板来这儿准没好事！”

“我觉得你说得对。”汤姆承认道。

快中午时，陶斯打来第二个电话通知汤姆，弗拉伯已经如期乘机。“但是米尔扎没和他在一起。”加斯补充道。

“为什么？”汤姆问道。

“弗拉伯告诉警察就在飞机起飞前，米尔扎向他提出辞职并拒绝陪他乘飞机回去。很显然弗拉伯对他的雇员很生气。他说他对米尔扎现在的去向一无所知也不想知道。”

“如果弗拉伯说的是实话，他就没有嫌疑了，”汤姆沉思道，“感谢你告诉我，加斯先生。”

“别客气。还有请告诉你妹妹，我会在周一修好她的红宝石戒指。”

汤姆一头扎进实验室里工作，很快便忘记了米尔扎和他企图行窃的事。一项对新元素原子结构的研究激发了他一连串的想法。

“为什么动力舱壳一定要用金属的？”汤姆问自己，“从那个报道中同位素的化学属性判断，它很有可能可以用来制造出一种坚固的材料。也许我太久没赌一把了！”

那天早上，汤姆的工作被另外两通电话打断。第一个电话是斯威夫特企业集团的哈伦·艾姆斯发来的消息。这位安保部主管报告说他已经核查了弗拉伯和泛伊斯兰工程联合公司：“迄今为止，没有任何关于他和他公司的不利信息。”

快到午饭时间，汤姆正在一个复杂的曲颈瓶和玻璃管连接装置里“煮”冒泡的褐色化学药品。突然，他接到了艾德·朗斯特里特打来的电话。

“很抱歉，如果我打扰到一个伟大的科学家的突破性实验，”艾德说，“但是我觉得你可能会对我刚刚从图书馆挖掘到的信息感兴趣。”

“如果是和红宝石有关的消息我一定会感兴趣的。”汤姆说。

“你猜埃米尔矿为什么被废弃了？”艾德说道。

“被废弃。为什么？”

“因为伊玛目宣称，这个矿山被恶魔诅咒了，”艾德报告道，“这个诅咒吓坏了卡布里斯坦的每个人，所以开采工作被叫停，矿山还被填上了。这大概是两个世纪前的事了。从那以后甚至没有人敢寻找它。”

“我想恶魔的诅咒会吓走很多人。”汤姆沉思着说，然后他给堂兄讲了弗拉伯、米尔扎和那起图谋不轨的偷盗。

艾德对汤姆说的消息十分感兴趣。“看起来你也卷入了红宝石秘密中，汤姆。”他说。

汤姆干笑了一声：“我也不想啊。我正在处理一个棘手的问题。”

“这样，我就先挂了。”艾德笑着说，“但是有进展的话请及时通知我。”

“好的。再见，艾德，谢谢你。”

汤姆大部分周末时间都在疯狂工作，只为教堂礼拜抽出了时间。他决定周一陪巴德和女孩们去陶斯取桑迪的戒指。他想知道加斯或陶斯的警察是否有关于米尔扎的最新消息。

乔也想一起去。“你们去取戒指时我可以在镇上闲逛一下。”他说。

他们的旅行车一到陶斯，乔就匆匆走开了。

“不要买带有紫橙色雷鸟的衬衫！”巴德大叫道。

乔转身做了个嗤之以鼻的表情。他还没走两步，一个长着橘黄色头发，戴着银耳环的丰满女人突然高兴地叫嚷着向他扑过来。她穿了一件沾上了油漆的艺术家工作服。

“哦——哦！多么多彩的人物啊！”她尖叫着，“多么完美成熟的人啊！一张粗犷的古铜色的脸！”

“啊？”乔惊讶地说，“抱歉，你说什么，夫人？”

他的话让她很兴奋。“你真的应该做画模！”她说，“当然我会支付你最高的模特费！”

当乔知道她是个艺术家并希望画他的肖像时，脸上浮现出开心的傻笑。

“如果你正想画一个粗犷、正直的牛仔，当然应该找个货真价实的，”他说着摘下他的宽边高顶帽，“我不介意为你当一会模特。”

桑迪和菲利斯笑着看那个女人凯旋般地将乔拉走。女孩们看见他们走进了街道中间的一幢土坯房里。

“我觉得那就是‘雷鸟女士’，”巴德小声说，“走吧！我们一起去取桑迪的戒指。”

本·加斯向汤姆和他的伙伴们打了声招呼，拿出了为桑迪定制的新戒指。巴德羡慕地吹了声口哨，两个女孩都开心地笑了起来。

“太漂亮了！”桑迪说，“指环和宝石也很相配！”

指环是缠绕着的两条蛇的形状，它们的头部和尾部形成了承托宝石的底座。

“这真是一件精美的工艺品。”汤姆说。

加斯邀请他们在他的工作室吃点心，汤姆借此机会询问了米尔扎的情况。

“警察还没找到新线索，”加斯说，“有意思的是，在这么开放的地区他能去哪儿呢？他当然应该还藏在陶斯。事实上，如果他摘了头巾我们就很难认出他。而且这个小镇每年这个时候都人满为患。”

“你确定那个夜贼就是米尔扎？”菲利斯问道。

加斯若有所思地皱着眉说：“我承认当时在黑暗中我确实看不清他的脸。但是那个夜贼确实戴了头巾，而我从没见过哪个当地人戴那种头巾。”

这四个年轻人暂时和加斯告别，在怡人的大街上闲逛。桑迪讨价还价后，买了一只绿松石手镯。她说：“我想知道乔和‘雷鸟女士’相处得怎么样了。”

“我们可以去看看，”菲利斯指着艺术家的房子调皮地说道，“他也许正在那里摆骑兵的姿势。”

当他们经过房子旁的车道时，桑迪瞥了一眼后院然后用手捂住了嘴巴。“哦，不会吧！”她叫道。

其他人跟着她进入院子，看到眼前的场景惊讶得嘴都合不上了。矮胖的女艺术家坐在画架前。她神情愉悦，但是被画的对象却不太开心。

乔的脸上布满愁容。他戴了一条丝质围巾，穿着熊皮皮套裤，正站在牛旁边摆姿势。

“现在拿起那个烙铁，”艺术家命令道，“假装你正在公牛身上烙印。”

“哪有让牛站着烙的！”乔反抗道，“再说，这也不是公牛。”

奶牛仿佛是要表示完全同意，转过头舔了舔乔的脸。“起来！”牛仔咆哮道。

汤姆、巴德和女孩们再也抑制不住，哈哈大笑起来。乔的脖子因为尴尬变得通红。“不好意思，夫人，”他道歉道，脱下了他的大帽子，“我可能不是做模特的料。”

这个紧张的牛仔目光向前直视，跺着脚走出院子。汤姆把手搭在了他的肩膀上。

“加油，老前辈。你现在需要一块可口、多汁的牛排！”

乔高兴起来。“你说得太对了，头儿，还要加番茄酱！”

汤姆开车载着这一行人回大本营时已经是黄昏。桑迪和菲

利斯激动地讲述着白天的见闻。高速公路上几乎杳无人烟，除了他们，只有他们后面几百米以外的一辆车。

到了大概离陶斯10千米的地方，旅行车引擎突然开始发出爆裂声，咔咔作响。“不知道哪里出问题了。”汤姆说。

“说实话，伙计，听起来像没油了。”巴德说。

“不可能啊。看油量表指针。”

过了一会儿旅行车突然熄火。汤姆好不容易在旅行车停住之前，驶离高速公路。两个男孩打开车盖，检查了油箱。

那辆后面的车现在超过了他们，在旅行车前停了下来。一个光头男人从车上跳下来，拿出一把左轮手枪。

“举起手来，所有人！”他用外国口音咆哮道。

那个人居然是米尔扎！

第六章 至关重要的气压实验

米尔扎走近汤姆和巴德时，他的面容在旅行车车头灯照射下显露无遗。他看起来面色苍白、胡须未剃、眼神狂热。

米尔扎走过两个男孩身边，猛地打开了后车门。“你们三个，出来！”

乔闷闷不乐地从后座爬出来，桑迪和菲利斯紧随其后。

“我想你是趁我们在陶斯吃晚餐时，把我们油箱里的油放光了，”汤姆指控米尔扎说，“然后篡改了油量表。”

“你很聪明，猜对了。”米尔扎冷笑道。他走向桑迪，伸出手，说道：“把红宝石戒指给我！”

桑迪反抗地向后倒退，汤姆大喝道：“如果我是你，我不会碰那枚戒指！”

米尔扎站在原地问：“为什么呢？”

“难道你没听说过，来自于卡布里斯坦消失矿山的红宝石都带有恶魔的诅咒！”

汤姆只是瞎说，但是效果惊人。这位前任秘书的脸因为害怕而扭曲起来。

“你一个像傻子一样的A国年轻人知道什么恶魔的诅咒？”他咆哮道。

“我知道它已经给你带来厄运了，”汤姆平静地说，“我们在这儿说的每句话都被警察听到了——这意味着一辆警车现在很可能已经赶往这边！”

“你说什么！”

“你自己看一下汽车仪表板上的短波无线电机，”汤姆提醒他，“是开着的。”

米尔扎中了圈套。当他稍稍向前弯腰向旅行车里看时，乔迅速出击奉上一记上勾拳！

这一拳打中了米尔扎突出的下巴。他踉跄着后退。巴德拽住他的腿把他撂倒在地。在米尔扎开枪射击前，汤姆从他手中抢下了枪。

“别想耍花招！”汤姆警告道。

米尔扎像疯子一样挣扎着，但是巴德和乔无情地压制着他。汤姆迅速从旅行车里找出绳子。米尔扎最终被制服，被捆绑起来。

“尝尝我的风滚草沙拉吧！”一切平息后，乔累得气喘吁吁，“那个畜生就是个发疯的铅锤！”

米尔扎气喘吁吁地骂了一通脏话。大家不断听到“恶魔”这个词。当巴德和乔监视着罪犯，汤姆用无线电求助时，桑迪和菲利斯在车后座蜷缩在一起。

“收发两用无线电机真打开了吗？”桑迪问道。

汤姆笑着说：“是的。以防产生麻烦，当车开始出现故障时我就打开了。”

很快一辆警车到达现场。负责案件的长官试图审问米尔扎，但是这个罪犯只是怒吼，喊着含糊不清的话语。

“小心点！你们必须把红宝石送回卡布里斯坦，或者扔进海洋深处！”他咆哮道，“如果不这么做，恶魔的诅咒和他的手下们都会来攻击你们！”

“我觉得我们从米尔扎嘴里只能听到这些话了。”汤姆喃喃地说。

局长厌恶地表示同意：“我只能说这个家伙应该被关进精神病院的软垫病房里。”

汤姆从警车的应急供应中拿出一些汽油，倒入旅行车油箱里。他和同伴们继续返回大本营。同时，警察押送罪犯回到陶斯。

“汤姆，你认为米尔扎真的相信那个诅咒吗？”过了会儿菲利斯问道，“还是他整个过程都只是在演戏？”

“如果关于诅咒的事他只是在演戏，那他真能获得奥斯卡奖了！”桑迪颤抖着说。

“依我看，他只是在掩饰，就是为了逃避回答问题。”巴德断然地说。

汤姆表示同意："从目前的情况看，他可能还在为弗拉伯工作！"

第二天早上，桑迪、菲利斯和巴德聚集到汤姆的实验室里。他们安静地看着汤姆为测试新研发出的微型发电装置外壳材料做准备。年轻的发明家取出几根小棒，装入压力测试机器。

"这是塑料吗？"菲利斯惊奇地问。

"严格来讲，是的，"汤姆回答道，"但是就它的性能而言，这些材料更像是强壮坚硬的轻型金属。"

当装上小棒后，汤姆拨动了一个操作杆，他看着计量器指针随着机器内液压升高，在表盘上缓慢晃动，接下来样本棒需要承受巨大考验。第一根被从两头拉扯来测试抗张强度，第二根被在破碎性压力下进行挤压，第三根被弯曲，第四根被扭曲。

"我没看到有什么变化。"桑迪迷惑地说。

汤姆笑了。"我也没看到，但这是好现象。这意味着这种材料像我希望的一样强大。"

随着稳定性测试的推进，汤姆越来越开心。他从机器上拿下小棒并测量，只出现了少许变形！

"好样的！看来你这确实是有点不一般的东西，机长！"巴德激动地说，"你给这个材料命名了吗？"

汤姆笑着说："我正考虑叫它'久强'。你们认为怎么样？"

大家还未来得及做出评论，电话突然响了。汤姆立刻接起电话，然后递给了桑迪："打给你的，妹妹，是奥顿·斯罗姆。"

"我想告诉你我很享受那天你们的野餐。"画家说得很大声，想让大家都听见。

"我们很高兴你能加入进来，奥顿。"桑迪说，她瞥了一眼有点脸红的巴德，他正假装全神贯注地研究测试棒。

"我今晚想邀请你们来我家做客。"画家继续说，"食物很简单，但我真的是一名合格的厨师。可否请你带上你哥哥一起来。我很想见他。"

在与汤姆和其他人快速商谈后，桑迪同意了邀请，补充道："你来工厂吃午饭怎么样？这样我们晚上就能一起开车去你的小屋了。"

"太好啦！我中午会准时到那儿的！"

午饭过后，汤姆彻底喜欢上了这位画家。即使巴德也发现自己难以抵挡奥顿的妙语连珠。

"如果你不觉得无聊的话，也许你可以看着我测试我的新原子能发电装置。"汤姆建议道。

"无聊？我期待会有重磅惊喜！"奥顿热切地说。

"希望也不要太重磅吧！"巴德倒吸口冷气，回想起上次的爆炸。

汤姆和同伴们自从到达大本营，就开始研制第一个发电装置的复制品。现在已经完成，正待测试。与此同时，随着那天早上对“久强”的成功测试，动力舱的外壳已经用新型塑料制成模具。

奥顿看到用于测试的威风凛凛的钢筋混凝土压力舱，感到甚是惊喜。

汤姆将太空动力舱与燃烧室连接起来，关上了观察窗。然后他转动阀门，小心翼翼地看着压力刻度盘，最后打开了原子能发电装置。

“发生了什么？”大家都通过深色护目镜看向窗口时，奥顿喃喃地说。

“燃烧室的压力与原子能动力舱里的压力相同。”汤姆回答道。

几分钟后，当微型发电装置达到最大工作压力时，汤姆补充道：“现在我要开始减少燃烧室压力。”

他一边慢慢地打开液压阀，一边用眼睛来回看着控制台的几个刻度盘。大家都紧张地看着。

最后，汤姆胜利地大声呼叫道：“现在燃烧室内的压力是正常的大气压力，动力舱外壳现在正在维持原子能反应的最高压力！”

测试继续顺利进行，发电装置最大额度地输出着电力。

巴德拍着年轻发明家的后背说：“干得好，伙计！你的新材料真是个奇迹！”

测试结束后，汤姆小心翼翼地拆卸动力舱，检查外壳。即使用X光检查，也没有任何裂痕或失败迹象。

奥顿和女孩们祝贺着汤姆，桑迪补充道：“现在你可以继续你的原子能车项目了！”

“我会用无线电通知企业集团，让车今晚试飞。”汤姆回答道。

在奥顿家的晚餐变成了汤姆的庆祝会。这个红头发画家自诩的厨艺被验证出是货真价实。即使巴德也被奥顿美味的玉米粉圆饼、油煎饼和香脆的炭烤牛排折服。

“幸亏乔不在这，”巴德笑着说，“否则他嫉妒得眼红！”

“如果他饱餐一顿后还嫉妒的话，”汤姆说，“我会感到十分惊讶。”

第二天，奥顿和其他人见证了原子车在原子能动力舱支持下的第一次试跑。汤姆为车子流畅的性能欢欣鼓舞。

“我不想缩短这次假期，”汤姆宣布道，“但是我认为我们最好今晚就飞回企业集团。我必须准备原子能车的首场秀。”

“可以再带上一位乘客吗？”奥顿问道。

汤姆有些吃惊，但还是很愿意邀请画家陪他们一起返回东部。“蓝天女王”于傍晚起飞。巨大的飞船迎着太阳的最后一缕光辉飞驰。奥顿想逗乐女孩们，拿出一盒水彩笔，为原子能车画了一个新的车身。

“嘿！太时髦了！”巴德说。他刚刚跟着大家来到休息室，“这好过——”

他的话被打断，飞船突然下沉，大家都失去了平衡。

“抓紧了，大家！”汤姆通过对讲机大叫道，“有一架陌生喷气式飞机在袭击我们！”

第七章 汤姆大胆尝试

在大家都还没喘过气时，“蓝天女王”急速倾斜下降。一刹那，他们似乎要被刺耳的飞机呼啸声震聋。一架深色飞机在休息舱玻璃外飞驰而过！

“我的老天啊！”乔惊讶地说道。他踉跄着向后，飞行实验室沿着陡坡上升。

“系紧安全带！”巴德对乔和女孩们说。

在确保三个人相安无事后，巴德和奥顿快速从过道走向机组舱。他们再次紧紧抓住扶手防止摔倒。

当他们终于走到机组舱，巴德愤怒地问：“那个傻子到底想干什么？”

“逼我们下飞机。”汤姆简洁地说。

汤姆刚说完，就听见一个平缓没有感情的声音从无线电扩音器中传出。

“这是最后一次警告你们。我的喷气式飞机已经全副武装。如果你不转向，按我们的要求在沙漠上着陆，我们就会把你们击落！”

透过暮光，在高空，他们能看见另一条航道上攻击他们的喷气式飞机。

奥顿紧握拳头说：“好家伙！要是那个捣蛋的人现在出现在我面前，看我怎么收拾他！”

喷气式飞机继续对他们耀武扬威。汤姆尽力保持航向，然后突然给喷气推举器注入动力。“蓝天女王”像火箭一样发射出去，及时避开了追踪者突如其来的炮火。敌人的喷气式飞机在他们下面嗖嗖飞过，他们却毫发无伤。

“呦！”巴德喝彩道。

汤姆倾斜飞上山坡，打圈，灵巧地翻转躲避攻击。他搜寻着前方的天空，大脑在全速运行。

“斯威夫特呼叫喷气式飞机！”他对着微型扩音器说，“停火吧！我们准备好听你们的指示了！”

“啊！你们终于开窍了！”那边回答道，“调转你们的飞船和我们走同样的航线！我们比翼飞行！”

他说完后，敌方飞行员开始慢慢转向。汤姆却没有跟着敌机转向，而是全速开启了前冲喷气！

“我命令你们转向！”飞行员喊道。

“我说了我们准备好听指令了——但没说遵从指令！”汤姆对着无线电广播嘲笑道。

飞行实验室疾驰驶入云团中，一阵追踪而来的炮火掠过它的机尾。

汤姆猛地向前推控制杆，“蓝天女王”垂直冲向地面。他的眼睛目不转睛地盯着测高仪指针。

“把灯都关掉！”汤姆命令道。

当他们浸没在沉沉的夜色中时，巴德按下了主控开关。在紧要关头，汤姆停止了俯冲——然后又把喷气推举器调到最大功率。

“蓝天女王”震动着，在指定位置平稳下来。

现在，“蓝天女王”在黑暗中纹丝不动，停在大约海拔一千米处。

“干得好！”奥特对汤姆说，“真希望我有你这样的搭档！”

“现在怎么办，机长？”巴德问道。

“我们得在这儿躲一会儿，希望我们的‘游戏玩伴’找不到我们！”

汤姆打开搜索雷达。雷达范围上的一个亮点显示出敌方飞机正在他们上方曲线航行。很显然飞行员正在他们上方搜寻。

“要是他们也有雷达怎么办？”巴德问道。

汤姆笑笑，从仪表盘发出的光中几乎可以看见他的脸。

“我们是一个固定点，记住，而且很接近地面，因此在他的雷达上看不到我们。”汤姆补充道，“此外，我们现在有机会逃跑！”

一分钟后当喷气式飞机飞出很远时，代表敌人的亮点从屏幕上消失。汤姆通过对讲机知道乔和女孩们都安然无恙后，驾驶“蓝天女王”迂回前进。

“我觉得我们已经甩开他们了。巴德，你来开一下吧。”

“好的。”

汤姆和奥顿去找休息室里的人。“真是有惊无险啊！”菲利斯哆嗦着说，“你认为他们是谁？疯子？”

“也许是吧，”汤姆回答道，“无论如何，都过去了。”他不想过多谈这件事，因为他不想再让女孩们受更多惊吓。

但是桑迪用敏锐的目光瞟了一眼哥哥。“要我说，他是为了得到你的新原子能发电装置，”她机灵地说，“看起来很多人都想得到它！”

“也许就是这么回事，”汤姆承认道。他的注意力被奥顿画的素描吸引住。“嘿！这是什么？”

“奥顿为你的原子能车画了一个新的车身外壳，”桑迪解释道，“很漂亮吧？”

画家画了一个流线型、深红色的无翼飞机。就像汤姆现在的原子能车一样，外形是泪滴状。但是圆顶的闭合处展开成高高的鱼鳍状，尾部陡然倾斜。

汤姆吹着口哨赞美道：“未来正迈入好的轨道！奥顿，除了有画家的身份，你也是工业设计师吧？”

奥顿笑着说：“不，就是乱画而已。你喜欢吗？”

“很吸引人，使我的车更加热情洋溢。”汤姆说，“如果它能出现在我们的展览照片中一定会很棒。”

“好的，画送给你了。我的第一个汽车设计杰作。”

两人握着手，汤姆咯咯笑着，说：“那你有生意啦，奥顿！我们向媒体展出汽车后，你就准备好接大批订单吧！”

四十分钟后他们到达了企业集团。奥顿满怀感激地婉言拒绝了桑迪和汤姆要他到家里过夜的邀请，称他必须待在肖普顿以便赶上十点的航班。

第二天一大早，汤姆匆匆赶去集团向哈伦·艾姆斯详细介绍了昨天的空袭。

这位安保部主管大为震惊。

“你为什么没立刻用无线电广播通知我，汤姆？”

“告诉你们也没有多大用，因为那个疯子紧跟在我们后面，”汤姆可怜地笑笑说，“在我们射击他之后，我认为关掉无线电是很明智的选择。”

艾姆斯点点头，皱眉道：“我认为你说的这点有道理。你有任何关于那架飞机身份的线索吗？”

“没有任何线索，但是我认为他跟踪我们是为了我的原子能动力舱。”汤姆说，“科技杂志对它的提前报道真是带来了很多麻烦！我们自己搜查可能希望渺茫，哈伦，联系空军和民用航空管理局协助我们怎么样？”

艾姆斯也同意这么做。他补充道，警察现在对制造机场爆炸恐慌的金牙陌生人也还没有什么线索。

汤姆回到实验室给阿维德·汉森打电话，这个身高一米八的人负责制作斯威夫特所有发明的模型。

“找我有什么事，机长？”亚弗问道。

“我想为我的原子能车做一个新的车身外壳。”他将奥顿·斯罗姆的草图给他看。

阿维德赞叹地瞪大眼睛说：“是我梦想中的样子！这一定很有趣。你想什么时候拿到它，汤姆？”

“你和钣金车间都用最快速度做好它。”

阿维德考虑一会儿说：“没有蓝图，是吗？好吧，如果你要求制作得与绘稿一样华丽的话，我们需要四十八小时。”

“太好了，”汤姆说，“我们会在周末安装完毕，然后我会举办一个新闻发布会，在周一早上展出汽车！”

阿维德离开实验室后，汤姆就投身于一系列活动中——需要准备新闻发布会，给所有的通讯社和汽车制造厂发送邀请函，还要铺设带观众观景台的试车跑道。

周一早上斯威夫特企业集团上上下下都激动地忙碌着。一群新闻记者和摄影记者都挤在观景台上。

汤姆一边展示闪亮的新款红色原子能车，一边讲述车的操作。

“抱歉我不能解释这款原子能动力装置的细节，”汤姆告诉大家，“但是我可以告诉大家，它能为一个小型电动汽车的每一个轮子提供流畅的电力，不需要一个体积很大或者复杂的变速器。”

汤姆继续讲述了新型车的每个特征。现在这款的名字，他做出结论说，是“无声旋风”。

下一项是原子能车的试跑。这个环节包括激动人心的展示——空中和超低空飞行技能。

汤姆看着行政楼里挤满了观众，观景台上欢呼声和掌声一片，感到兴奋不已。一些抽签中选的新闻记者，有幸可以亲自体验一下“无声旋风”。

“现在，”汤姆通过麦克风宣布，“我想给你们展示一项新的斥力防撞装置，这将成为所有原子能车的标准装置。”

“‘无声旋风’和重型卡车，”他继续说道，“都是通过远程控制，会以最快速度前进。”

在原子能车中有一个用于测试的机器人转向装置。一个叼着烟的年轻记者爆发一阵狂笑，接着说：“看起来你对自己的发明不太自信，斯威夫特！”

“你为什么会这么想？”汤姆问。

“机器人转向装置，”记者奚落道，“如果你的防撞设施真的万无一失，为什么不自己驾车？”

汤姆冷静地打量着记者道：“没问题。我会自己驾车。”

观众们顿时议论纷纷。汤姆下命令移除机器人转向装置时，巴德抓住了他的胳膊。

“你确定知道自己在做什么吗，汤姆？”他小声说，“一定会有风险，那个家伙只是因为没抽中签而恼怒！”

汤姆对巴德说了些话后，巴德点头走开了。然后这个年轻的发明家戴上一顶安全帽，爬进“无声旋风”，坐到驾驶座上系上了安全带。他按下按钮关上车篷，笑了笑，对观众做出交叉手指的手势。

按设定的信号下令后，卡车由遥控器掌控停在距离轨道八百米远处。同时汤姆加速原子能车。两辆汽车在狭窄的轨道上一同加速。

观众们在惊恐和满心怀疑中倒吸着冷气，当汽车和卡车加速到令人眩目的速度时，一位女记者尖叫着晕倒过去。

在只差离几厘米就撞到一起时，两辆车猛地停住然后安全地分开了！

一阵令人生畏的寂静过后，观众爆发出雷鸣般的欢呼，记者们也在轨道上蜂拥着为他鼓掌祝贺。桑迪看哥哥终于能从记者群中脱来时，大喊道：“汤姆！你非要那么做吓唬我们吗？”她语气中带着责问。

“我不得不说你吓坏我们了，儿子。”老汤姆承认道。

斯威夫特夫人和菲利斯·牛顿一家人看起来还面色苍白。

汤姆笑着道歉说：“我很抱歉，大家，但是真的没有危险。”

“没有危险！”牛顿先生咆哮道，“天哪，孩子！如果防撞装置没有使那辆卡车停下来的话，你现在已经没命了！”

“那可不一定，奈德叔叔，”汤姆回答道，“我已经叫巴德呼叫控制塔，通知他们时刻保持大卡车上的大型斥力装置处于运行中。如果防撞装置不起作用，塔台操作员就会让卡车脱离轨道！”

听到这儿大家都松了一口气，斯威夫特夫人说：“那样的话，亲爱的汤姆，我们原谅你。”

新闻采访和询问接踵而至，大家都好奇原子能车需要多久能被投放到市场上，应付这些就够汤姆接下来忙好几天。

周四，汤姆接到了一封令他吃惊的电报，邀请斯威夫特父子俩在阿迪朗达克山脉的猎人小屋待一周。电报署名“亚萨·普罗法德。”

“这就是艾德和我们说的银行家，爸爸！”汤姆在读完电报后说。

“嗯。我没法接受邀请，因为我要飞去处理新的火箭项目，”斯威夫特先生沉思着说，“你和巴德去看看这个家伙到底打的什么算盘，怎么样？”

“好的。去看看又能怎么样呢？”

周五上午晚些时候，汤姆和巴德走到企业集团飞机场。不大一会儿，如他们所料，普罗法德的私人飞机就来接他们了。一架流线型飞机着陆，一个红头发的人走出来接他们。

奥顿·斯罗姆！男孩们大吃一惊。

第八章 充满挑战的远征

“在这儿遇到你太神奇了！”巴德一边冷淡地说，一边与这位画家兼飞行员握手。

汤姆只是咧嘴笑着，然后打招呼：“嗨，奥顿！”

“你们见到我一定很惊讶。”这位画家看起来有一点点尴尬，“上飞机，伙伴们。起飞后我会一五一十地告诉你们。”

两个男孩登上飞机，在装修豪华的机舱里坐下。奥顿戴上无线电耳麦，发动引擎，跟随塔上的信号灯，驾驶飞机顺着跑道腾飞而起。

他们在空中飞行时，奥顿冲男孩们笑笑。“我时不时为亚萨·普罗法德开飞机，”奥顿解释道，“其实，普罗法德对我很好，那时我退役了，第一次接触画画，他为我赞助学习两年的学费，还买下了我那些别人都不会买的画。”

作为回报，奥特继续说道，他经常为普罗法德开私人飞机，并为他执行分布在全世界的任务。

“我现在开始觉得我们曾经的相遇不是偶然。”汤姆说。

奥顿红着脸。“你说得对。我是有计划地去西南部旅游的。普罗法德在报纸上得知你会去那里，因此他让我去——呃，可以说是为了了解一下你。在平顶山时我甚至故意挑衅巴德激起打斗。”这位画家抱歉地笑笑，“不用说你们也知道，我的情报对他起到很大作用。”

“我很好奇，”汤姆说，“他为什么派你来找我。”

“说实话，我也不知道，”奥顿坦白地说，“我唯一能告诉你的是，他是X城最大银行的头目之一。他和很多大金融家正在住所等你们。”

汤姆和巴德意味深长地看了几眼彼此。不论普罗法德想得到什么，一定是非常重要的东西。

飞机飞过一大片绿色原野、森林密布的崎岖陡坡和蓝色湖泊。不一会儿奥顿说道：“我们到了！”然后降落在山腰处的飞机跑道上。

当他们下飞机时，巴德吹了声口哨说：“别有洞天啊！”

在飞机跑道下是一幢林中小屋，建造在粗制木材和大鹅卵石上。小屋一边是一个网球场，另一边是一个巨大的游泳池。

一个有着宝石一样的眼睛、戴着金边眼镜的秃顶男人，慢慢地走上山坡和他们打招呼。他穿着马球衫和卡其短裤。

“我叫亚萨·普罗法德，”他自我介绍道，他笑着向汤姆伸出手，“很高兴你们能接受我的邀请。”

“很抱歉我父亲不能到这儿来，”汤姆说，“这是我的朋友巴德·巴克利。”

他们走进屋里，看见还有三个人，分别是汤普金斯、路德斯和格雷恩，普罗法德将他们一一引荐给汤姆。让汤姆吃惊的是，他们居然不谈商业。普罗法德建议先一起打网球，然后在泳池里游泳，吃一顿健康、悠闲的晚餐，然后早点上床睡觉。

第二天早餐过后，汤姆和巴德闲逛到主人的军械室。墙上几个货架摆满了步枪和猎枪，还有捕鱼和打猎的战利品也被陈列在头顶上方。

巴德漫无目的地挑选出一把外国制造的猎枪，它有着颗粒状花纹的枪筒和银色枪膛。“好漂亮啊！”他说道。

“也很贵啊，但是很少有像这么古老的枪。”奥顿·斯罗姆出现在他们身后说。

巴德感到一股怒火。“你在很多事情上都是专家，对吧，奥顿？”他说道。

画家笑着说：“我不是猎人，但是我懂一点射击。”

巴德是一位技巧娴熟的神射手，他决定是时候一显身手了。“我们射陶土飞靶怎么样？比一下。”

奥顿有礼貌地同意了。两人各选了一支枪然后向外走去。汤姆自愿帮他们扔飞靶。

轮流射击，头十靶巴德和奥顿每人打中了五靶。下一靶巴德没打中，而奥顿正中靶心又得了一分。因为生自己气，巴德又在接下来的四靶中错过了两靶。而奥顿继续击破每一个扔出的飞靶，无一例外。

巴德开始大汗淋漓，脸色涨红。当游戏结束时，他打中了扔出的二十五个靶子中的十八个。奥顿以二十五个靶全中的分数获得压倒性胜利！

“你今天可能发挥失常，”奥顿和颜悦色地说，“我今天只是运气好。”

“我大饱眼福，”巴德嘟囔着说，“你打得很好！”过了一会儿，当和汤姆回到军械室返还枪支，巴德擦干眉毛说：“呦！我很高兴这只是个小竞赛而不是真正的对战！”

汤姆笑着拍拍朋友的后背说：“我觉得这场小竞赛给我们的教训是，永远不要和前海军将领交战！”

早晨剩下的时间是在森林中爬山度过的。吃过油煎鳟鱼后，普罗法德将大家聚集在小屋外面的一圈草坪躺椅上。

“你一定想知道这次周末邀请的目的是什么，汤姆。”银行家说。

“是的，先生。”

“我会向你解释的，”普罗法德说道，“我和同事们正在承办一个私人外国援助项目——不借助A国任何援助。我们需要技术帮助，但只有你们斯威夫特家族才能给我们提供帮助。”

“这个项目，”他继续说道，“可以使卡布里斯坦这个新国家在一夜间实现工业化。使这个国家自力更生重新恢复繁荣，可以这么说。”普罗法德补充道。

卡布里斯坦！汤姆和巴德激动不已。

“请理解，我们不是过分乐观的理想主义者，”路德斯说，“我们想获取利益。但是与此同时我们相信能帮助卡布里斯坦提高人民生活水平——没有任何附加条件。”

“我们的目标，”普罗法德说，“是尽快开发这个国家的资源。这意味着需要建造工厂、大坝、道路、学校和医院。”

“我们认为这个项目对整个自由世界都很重要，”普罗法德补充道，“因为如果我们失败的话，卡布里斯坦很快就会落入一些贪婪的外国势力手中。一些国家已经有些友好过度，并开始为其提供技术帮助。”

银行家说他和他的团队成员只是金融家。他们需要一个工程公司来策划执行这项大规模工程。所有人都认为斯威夫特企业集团最适合接手这个项目。

谈话进行了一天一夜。汤姆为这个项目的规模而感到震惊。周日，在飞回家前，他代表斯威夫特企业集团给普罗法德和他的团队一个暂时的肯定答复——他爸爸也已同意。

当晚斯威夫特先生由奈德·牛顿送到家时，汤姆说：“爸爸，我认为这是一个帮助卡布里斯坦人民的绝佳机会。这也是一个证明免费科学能造福全人类的好机会。”

“你的建议是什么，奈德？”斯威夫特先生问道。

牛顿先生若有所思地皱眉。“如果新的火箭项目成功，我们机构可能时间紧迫，缺少人力，”他说，“但是我同意汤姆的说法。我们承担不起拒绝这个项目带来的损失。”

斯威夫特先生的眼睛闪闪发光，说：“很高兴你能这么想，奈德，因为我完全同意。”他说着转向汤姆，更认真地补充道：“这会是一项重大承诺，儿子，你应当冲在最前面。但是我相信你可以做得最好。”

“谢谢你，爸爸。”汤姆的声音很平静，但是他的心里十分激动。

“那么，就这么定啦，”他的爸爸总结道，“奈德，希望你和普罗法德联系，然后拟定一份合同。”

接下来的两天汤姆是在极度兴奋中度过的。他首先快速搜查卡布里斯坦的信息，尽快熟悉这个国家。物资已经被按命令装载到了“蓝天女王”上。除了巴德和乔·温克勒，汤姆选择了阿维德·汉森，方下巴的首席制模工程师汉克·斯特林和一位瘦高的测试飞行员斯利姆·戴维斯，陪他上了飞机。

他们于星期三起飞，乘坐“蓝天女王”飞过大西洋到达欧洲，途经中东地区，然后穿越中部平原，最后到达崎岖的小国卡布里斯坦。

它的首都城市沙拉巴达沿山谷的斜坡展开。阳光投射在刷了白色涂料的建筑物和圆顶清真寺上。

“它看起来根本就不像一个飞机场。”当汤姆准备着陆时乔抱怨道。

巴德同意道："看起来就像这里的人刚刚用推土机把地面推平了一样。"

尽管面积不大，道路也不是很平整，还是有数量惊人的飞机停放在地面上。听从塔台指挥，"蓝天女王"放下喷气推举器。

"这是什么——一只欢迎队？"汉克·斯特林下飞机时问汤姆。

一些士兵穿着不合身的卡其色制服，佩戴着步枪，从机场大楼里匆匆朝他们走过来。汤姆和朋友们还茫然不知所措，士兵就抓住了他们。

"哦，不行，你们不能这么做！"乔吼叫道，叫骂着抓他的士兵。

一枪托打在这位厨师头部，乔暴跳如雷。立刻开始了一场恶战。

第九章 神秘的敌人

被乔挨的一拳惹怒，汤姆和朋友们开始猛烈回击，使出浑身解数左右反击。与此同时，士兵们乱作一团，声嘶力竭地挥舞着步枪，愤怒地叫喊着。

阿维德有力的拳头把一个士兵打倒在地，汉克一拳打到一个怒目而视的士兵的右太阳穴上，疼得他弯腰抱头。斯利姆被一把步枪托打得额头出血。巴德异常愤怒，痛骂着攻击斯利姆的人，像一只打红眼的斗鸡。

汤姆意识到整个项目可能在他们还没见过卡布里斯坦之前就毁于一旦。“大家住手！住手！”他疯狂地叫喊。

汤姆反复恳求着拉架，终于使得双方都平静下来。“我们没有必要刚踏上这片土地就引发战争，”他对同伴们说，“除此以外，我们也对抗不了整支军队。最好和平相处，弄明白这到底是怎么回事。”

其他人都很不情愿地听从他的指示，乖乖地被围捕。士兵们快速把来访者赶上卡车，带他们到附近的军营。

他们走进办公室时，一位黑胡子上校抬头瞥了他们一眼，然后圆瞪着眼说：“啊，对啊！你们就是那些罪犯！”他的话带有浓重口音。

“你为什么这么愤怒？”汤姆大胆地向前责问道，“我们到这来执行一个帮助你们国家的技术任务，你们的士兵却无缘无故地袭击我们！”

上校吃惊地看着汤姆。然后摸着胡子冷笑道：

“技术任务，啊？那个，当然，只是你们的借口。很不幸的是，关于你们，我们已经——被秘密告知你们是敌军的间谍——你们怎么解释？”

这次，轮到汤姆吃惊地张大嘴巴。他缓过神来后哈哈大笑。

“我想你们的士兵可以证明我们是很厉害，”汤姆说，“尽管我们没带任何武器——”

“没带武器？真的吗？”上校问。

那个长官怯懦地点头。

“至于间谍，”汤姆继续说道，“我们有你们驻A国大使馆签署的护照和文件，我们是应你们首领的要求被邀请到这里的。”

上校皱眉摸着下巴，汤姆拿出一捆证件，许多都盖有精美的金色印章。上校逐一读完所有文件后，面红耳赤，大汗淋漓，突然一跃而起。

他鞠躬并大叫道。“我们收到的信息一定有误，我深深地向你们致歉。在下可萨上校，随时为各位效劳！”

乔和大家都大笑起来，汤姆笑着和这位长官握手。

“顺便问一下，先生，你介意告诉我们是谁向你们提供的假消息吗？”

上校摸着胡子，看起来局促不安。“嗯——啊——我们是接到了一通电话，”他含糊其词，“最不幸的是。我不能透露太多信息。但是请放心我们一定会采取合理措施整治相关人事。”

汤姆猜测那通电话一定是匿名电话，尽管对于罪魁祸首的身份十分好奇，汤姆还是认为先就此罢休才是上计。

“无论如何，上校，我们应该先到接待贵宾的宫殿去，”汤姆说道，“请你派一个人给我们指路。”

上校立即行动。他大声发出指令，士兵迅速跑过来。不大一会儿，一辆巨大的闪闪发光但有点过时的豪华轿车就开到了军营门口。

可萨上校护送五名A国人出去时，连连道歉，并大加赞赏。军官帮助他们上了汽车。汽车离开后，汤姆和同伴们哈哈大笑。

“请你们吃大薄煎饼啊！”乔宣布道，“那帮家伙肯定坐立不安了！”

宫殿是一座巨大的白色建筑，有着雅致的尖塔和珠宝般闪闪发亮的圆屋顶。在等待一小时后，汤姆一行人被引领到一间富丽堂皇的办公室，这里装饰有闪闪发光的绸缎大窗帘、带软垫的椅子和一条东方地毯。

哈比卜沙王——卡布里斯坦受过西方教育的领袖——从椅子上站起来和他们打招呼。

“我非常感谢，”他对汤姆说，“你们来到这里用科技力量帮助我们。即使在卡布里斯坦我们也听闻说过两位著名的斯威夫特家族成员的赫赫功绩。”

汤姆有些激动地说：“谢谢，陛下。”

沙王与每个队员握手，然后转向汤姆说：“你们现在可以随意调查，视察整个国家。如果你们需要帮助，随时欢迎你们来找我。”

“我们一定会竭尽全力，不负众望，陛下。”汤姆回答道。

当他们走出宫殿经过一个挤满人的会客厅时，汤姆注意到一位消瘦的黑胡子男人在来回踱步。他带着一个红宝石领带夹！

“那人是纳汗·弗拉伯！”汤姆小声对巴德说。

这时弗拉伯正好也看见了汤姆。他大步向前迈进，鹰般敏锐的眼睛闪着怒火。

“原来如此！”他唏嘘道，“现在我知道你们为什么拒绝我的提议了！我已经听说了你们狡猾的项目，你们想在这里攫取商业利益！”

巴德正想反驳，被汤姆拦了下来。“如果你已经听说过我们的项目，弗拉伯先生，”汤姆平静地说，“那么你一定知道我们是被沙王邀请到这里的。我们走，朋友们！”

在宫殿外，巴德激动地说：“十有八九他就是那个告密者，提供给上校假信息说我们就是间谍！”汉克和其他人都很同意，但是汤姆拒绝妄下断语。

汤姆拦了一辆破旧的车，一行人返回机场，这段路程长得足够乔在“蓝天女王”上准备一顿牛排晚餐和薯条。然后汤姆、巴德和阿维德·汉森在小镇上闲逛，留下汉克·斯利姆和乔保护飞机。

沙拉巴达是一个奇妙的新旧混合体。

有古代清真寺，也有用晒干的泥土盖成的或用砖砌的三层高楼。许多街道还是土路，也有拉风的汽车从驴车和长胡子的赶骆驼人旁边加速驶过。

“真是鲜明的对比！”阿维德说道。

戴面纱的女人和戴着头巾穿肥大裤子凶神恶煞的男人，与行色匆匆穿着时尚西装的人摩肩接踵地走着。

“普罗法德和他的同伴们一定摆平了很多竞争对手，才与沙王达成项目协定。”巴德说道。

汤姆若有所思地说：“我猜这就是弗拉伯如此恼火的原因。”

当地的市场是一个地面肮脏的拱廊，被一个拱形的砖顶覆盖。汤姆和伙伴们走进去。狭窄的小路两旁布满展台和货摊，工匠和商人们在这里摆满了商品。

“嗨！有个书摊！”巴德说，男孩们好奇地停在书摊前翻看，一些书已经很旧，许多还印有不同的语言。

汤姆一下兴奋起来，因为他发现了一本叫《东方宝石》的书。他快速翻看书本，摊主则在一旁满怀期待地看着。这本书是英文版，于1810年出版。

“看！”汤姆兴奋道，“这里有一章描写了著名的红宝石矿山！”他转向摊主询问价格。

摊主刚想开口说出价格，突然脸色苍白，上气不接下气。“不——不！这本书不卖！”他支支吾吾地说。

汤姆心里十分疑惑为什么这个男人突然变得惊恐万分，四下查看一番，正好看见不远处站着一个身材高大、长相阴险、戴着头巾的当地人。他正皱眉摸着腰际的刀。当他看到汤姆后，迅速消失在人群里。

“我们必须买这本书！多少钱？”巴德坚持问道。但是摊主就像听不懂一样。他摇摇头，抢下书藏了起来。

男孩们的好奇心一下子都被激起，继续争论着要买书。但是摊主仍然固执不卖。最后汤姆和巴德只好放弃离开了。

夜里，汤姆躺在机舱里的床上辗转思索白天的事，他肯定那本书内一定有埃米尔矿的线索。第二天早上，他和巴德决定继续去找昨天的书摊摊主。让他们吃惊的是，那里大门紧闭空无一人！他们问旁边的商人，但是一无所获。

突然男孩们身后响起一个声音："你们想买什么？"

汤姆吃惊地回头，看到一个身材高大、脸色红润，留着一把金色翘八字胡子的男人伸出手来。"韦恩先生！真没想到能在这儿遇见你。"汤姆说着向西蒙·韦恩介绍巴德。

那个男人笑着说："我到这附近转转，为欧罗巴工厂处理点事情。你呢？"

汤姆谨慎地作答，并快速转移话题说起书摊的事。

"嗯。"韦恩皱眉捻着胡子说，"那个恐吓摊主的人一定是暗杀教成员。"

这是一个专门搞暗杀的组织，这个组织的头目是"山中之王"，曾经在卡布里斯坦高地设有根据地。

"那本书有写他们的故事吗？"韦恩问道。

汤姆犹豫地回答道："是的。写了点。"

"这就对了，"韦恩说，"我最近听到流言说那个邪教又活跃起来了，并试图阻止人们知道他们的藏身之地。"

巴德心神不宁地瞟了汤姆一眼。然后他们与韦恩分手，巴德叹了口气说："希望踏遍这些山后我们的小命还在！"

汤姆返回机场后，制订了一项行动计划。汉克留在沙拉巴达为工程招聘当地员工。同时，汤姆和其他人乘坐"蓝天女王"，在飞机上察看这个四面环山的国家。

很快他们飞过崎岖的山脉，看到山顶流下的雪水滋润着贫瘠的草原、平原、农场及村庄。

察看一番后，汤姆在蜿蜒的小河边挑选了一个地方，使用喷气推举器将飞船垂直降落，卸下了一些装备。汤姆、巴德和乔要在这里驻营，花足够时间调查这个地区，而阿维德和斯利姆则返回沙拉巴达见汉克。

黄昏降临，三个A国人吃着牛肉罐头和用篝火烤的土豆。

“啊！这儿还有人，老板。”乔突然说道。他敏锐的眼睛捕捉到了地平线处的人影移动。

汤姆拿起望远镜观察，发现至少有两个人——明显是望风者在监视露营地。夜幕降临，突然一束火光从悬崖发射而出。

这是一个信号吗？这些露营者就要遭受袭击了吗？

第十章 磁性追踪信鸽

巴德紧张地盯着有人发射火光的悬崖。

“如果它跳到我们这儿怎么办？”他问道。

汤姆努力装着很自信地说：“他们没有理由这么做。我们没伤害他们任何人，而且据我所知，住在这些山中的居民不会对陌生人充满恶意。”

“我确信这不是在表示友好——他们的行为就是在监视我们。”乔抱怨道。

黑暗和寂静变得十分恼人，只有昆虫的鸣叫声和远处猎鹰偶尔的嚎叫声。

汤姆打开了无线电，试图与“蓝天女王”联系。但是他的呼叫没有得到回应。

“阿维德和斯利姆一定正在城里寻找汉克呢，”汤姆放弃呼叫嘟囔着说，“或者他们上床睡觉了。”

一个小时过去了，又呼叫一次，仍然没有回复。

“也许他们正在等我们睡觉。”乔猜测道。

“我也是这么想的，”巴德说道，“我们最好保持清醒。”

夜里变得越来越冷。三个人蜷缩在睡袋里，一起观察着等待着，但是直到一轮明月升起，悬挂在悬崖上时，也没有再出现信号弹。

汤姆把火拨旺，又添了点柴火。现在这个三人组已经开始打瞌睡。但此时，他们认为不会遭到攻击的信心倍增，因此汤姆建议轮流守夜。“我先守夜。你们两个先睡。”

“我同意。”巴德疲倦地说。乔也点头同意。

夜幕缓缓褪去，这一夜相安无事。在清新的珍珠般闪亮的黎明之光中，他们在河边洗漱，然后吃早餐。随着旭日东升，大家又活跃起来，三个人都觉得之前夜里的战战兢兢很傻。望风者好像已经离开悬崖——至少没有人再在那里拿着望远镜监视。

“我确信有人对我们的一举一动很感兴趣。”汤姆冷静地分析道。

那天早上阿维德、汉克和斯利姆乘坐“蓝天女王”来到沙拉巴达。

“我们的无线电通信昨晚失灵了。”在听说汤姆尝试联系他们失败后，阿维德解释道。

“我们查清楚是冷凝器出了问题，但是在确定具体原因时困难重重，我们今早才修好它。对不起，机长。”

“大家平安无事就好，”汤姆笑着说，“但是我们昨天真是胡思乱想了啊。”

汉克报告说，他已经招揽了一名翻译，在他的帮助下招聘到一些员工，随时等候命令开工。

“干得好，汉克，”汤姆说道，“咱们一起期待他们能做好分配的工作任务吧。”

汤姆仔细绘制出露营地点，又做完一次简短的飞行测量后，将“蓝天女王”开到返回肖普顿的航道上。他们穿过大西洋朝家航行时，夜空中布满了星星。

“咱们看看。那儿就是北斗七星对吧？”乔凝视着飞船右舷方向说，“它上面的那颗星星就是北极星。”

“看样子你要当上优等生了，哥们儿。”汤姆笑着说。

“我猜水手们不再需要像人们以前做的那样跟随着北极星的方向开船了，对吧，汤姆？”

“对的。”汤姆笑着说，“虽然有北极星在那儿还是很好。但是我们现在有可靠的指南针。”

乔摸着他的秃顶说：“真搞不明白那东西是怎么操作的。”

汤姆解释道，指南针的指针一直在地球磁场的作用下指向两级，而地球起到天然磁石的作用。

“问题是，那帮家伙不是总直奔南极或北极，”乔反思道，“没有一种方式能让飞船或飞机总是直指家的方向——或者是任何他们要去的方向，这真是太不好了。”

汤姆深思了一会儿。“你知道，你能这么思考已经得到了些东西，乔，”他说，“一个确保成功定位的巡航装置会对航海家带来很大便利。”

第二天在企业集团，汤姆向父亲和奈德叔叔报告了卡布里斯坦之行的结果。

“我认为我的新原子能发电装置会对这个发展中国家有很大的帮助。”这位年轻的发明家说，“我们在任何地方都可以简单方便地安装它，供电给工厂和村庄。”

“很好，”斯威夫特先生回答道。奈德叔叔补充说：“光动力舱就可以节省建造水坝和蒸汽发电装置的时间和费用。”

“我已经下令在大本营生产一百个动力舱。”斯威夫特先生补充道。

“太好了，爸爸。顺便问一下，奈德叔叔，说到大量生产，斯威夫特工程公司建立一条装配线来专门生产原子能车和卡车怎么样？”

汤姆解释说，这对在崎岖地带工作和运输物资的项目团队而言将是非常重要的。奈德·牛顿承诺立刻考虑一下。

“尤其是对开发卡布里斯坦的自然资源，是吧，儿子？”

斯威夫特先生问道。

汤姆读了沙王的经济部长应普罗法德要求起草的一个简短报告。

“不会有太多收益，”汤姆说，“除非把红宝石矿也算上。问题是，爸爸，没有人真正清楚这个国家的潜在资源，但是这儿一定有贵重的矿藏。”

“有最快找到它们的方法吗？”这个老科学家问道。

汤姆点点头说：“最快的方法应该是航空探矿。”

为了实现这一点，汤姆继续说道，他建议建造一些小型原子能无人飞机。这些飞机可以携带汤姆的达蒙镜还有他父亲的矿物探测器进行探测。使用这些无人飞机在全国范围内搜索，很有可能快速发现矿藏。

“但是如果使用无人机，你怎么能画出矿藏地点？”奈德·牛顿疑惑地皱眉问道。

汤姆笑着说：“乔昨晚已经让我想到了一个办法——用一个磁性归航设备。”

汤姆在纸上描画出飞机草图。每架飞机都配备一个磁性传感器——在电缆的末端通过大气追踪痕迹。这样就可以记住飞机飞过时陆地的磁铁模式。

这些模式会被记录在一个磁鼓里，与飞机内的主操舵装置相连。当磁鼓通过主操舵装置“向后退”，飞机就会自动折回到返回本垒的航道。

“每架飞机还会装备一个无线电信号发射器，一旦发现矿藏就会立刻发出声音，”汤姆说，“而且还会增加重播功能。当飞机返回大本营，我们只需核对记录在磁带上的飞机航线，就能找到矿藏地点。”

斯威夫特先生和奈德叔叔都激动不已，热血沸腾。

“就叫它‘磁性追踪信鸽’。”汤姆的爸爸补充道。

汤姆返回实验室，准备立刻工作，设计他的最新发明。两天后，无人飞机的试验模型已经准备完毕。这是一架外形简单的流线型工艺品。它的推进器由汤姆的小型号原子能发电装置产生的电力驱动。

二十四小时后，他的磁性归航设备已经等待测试。第二天，汤姆和巴德开着一架小型直升机从企业集团起飞，降落在距肖普顿西北部十万米的山坡上。

“好的！飞起来吧！”汤姆在告诉他们精确位置后，用无线电联系工厂里的汉克·斯特林。

汉克将地点输入一台口袋大小、与主操舵装置相连的飞机航道电脑。然后看着小无人飞机起飞离开飞机场。

二十分钟后，它优雅地降落在汤姆和巴德所在的山坡。汤姆打开机身，按下磁鼓进行回放。

“目前为止很好，”汤姆嘟囔道，“现在看看我们的小磁性追踪信鸽是否真的知道回家的路。”

年轻人们后退两步，充满希望地看着无人机渐渐消失在天空中。

几秒钟后，他们大失所望，磁性追踪信鸽没有朝肖普顿飞去，而是越过山头消失在视线中！

第十一章 全员出动

“磁性追踪信鸽怎么了？”巴德问道。

“我也正想知道呢，伙计！”汤姆承认道，“我们一会儿再找原因，现在最重要的是找到它的降落地点！快走！”

他们跳上飞机，加速。当他们到达山坡，他们看见无人机早已，变成天空中的一个点。

“要给它加点速度，机长，要不然我们就找不到无人机了！”巴德请求道。

“如果不是用这架直升机，我们还可以加快速度！”汤姆呻吟道，“要是我开的是架喷气式直升机就好了！”

那个小工艺品越过群山中最高的山脊，完全消失在视线里。

汤姆打开无线电广播并拿起麦克风，喊道：“汤姆呼叫企业集团！请回复！”听到一个回答的声音，汤姆问道：“你们在用雷达搜寻无人机吗？”

“正在尝试追踪，汤姆。”汉克回答道，“我们锁定不了，一定是哪儿出毛病了——那个追踪信鸽飞得很不正常，它在按‘Z’字形路线飞行！”

汉克继续实时报告，最后说道：“超出搜索范围，机长。我们跟丢了。”

汤姆目瞪口呆。返回到实验室，巴德打破阴郁沉默的气氛说道：“你认为是哪里出错了——归航设备，还是控制系统？”

汤姆耸耸肩说道：“有十几种可能。”他的眼中燃烧着愤怒的火焰，说：“但是先把这个放一边，巴德，今天飞机已经经过全面检查。我只是不明白它怎么能飞出那么愚蠢的航线——除非。”

巴德吃惊地看着他说：“除非什么？”

“呃，除非有人用无线电脉冲堵住了主操舵装置。”

“哦——哦！”巴德低声吹着口哨说，“你是说故意破坏？”

“比那更糟糕，”汤姆说，“如果有人只想堵住它，为什么不进一步用无线电广播传播新的指令控制电路？这就解释了它为什么飞‘Z’字形路线——是想愚弄我们追踪它，而飞机早已经被控制在一个秘密地点降落！”

当直升机降落在企业集团的飞机场，他们见到了汉克·斯特林。

“我派了机组人员随时待命进行航空搜寻，汤姆。”这位工程师报告道，“迪林正在与民用航空管理局和民航巡逻队协商。”

乔治·迪林是一位无线电专家，也是企业集团的通信主管。

“干得好，汉克，”汤姆说，“你绘制出无人机的飞行路线了吗？”

“只等我们去追踪了。”

汤姆、汉克和巴德三人一起快速走向C号飞机库。汤姆研究了汉克在无人机路线图上用铅笔标出的路线。

“好乱啊！简直如同大海捞针！”汤姆眉头紧锁地沉思着，仔细找出无人机的下一条路线，“在它降落前，也没指出无人机会飞多远！好吧，我们就见机行事吧。”

这个年轻的发明家为机组人员快速下达了命令。汉克·斯特林和斯利姆·戴维斯开两架搜寻飞机。汤姆和巴德开一架喷气式直升机。

这个流线型直升机是汤姆最早的发明之一，人们都叫它“旋转小鸭”。它有脉动式喷气发动机旋翼，可以垂直起飞或盘旋。旋翼折入机身，就成了架传统的喷气式飞机。

航空搜寻范围跨越几个国家，每架飞机搜寻一个区域。汤姆一直用无线电广播联系其他飞行员，但他们到下午还一无所获。

“我猜是没希望了，伙伴们，”汤姆最终用无线电汇报给搜寻飞行员们，“返回基地。”

“收到。”

“真不走运，机长！”飞行员们一致认为。

汤姆和巴德铁青着脸，疲惫不堪地回到了企业集团。这位年轻的发明家立刻在安保楼与哈伦·艾姆斯、汉克·斯特林、乔治·迪林和巴德召开了一个紧急会议。

“我们似乎已经到了无计可施的地步，总之暂时是这样的，”汉克沮丧地说，“如果归航装置闯入了沼泽或一些树林繁茂的地区，我们就好几天都发现不了它。”

“如果飞机被劫持的话，现在它很可能被秘密隐藏在某个地方。”巴德愁眉不展地说。

哈伦·艾姆斯敏锐地瞟向那个正在屋子里来回踱步的年轻发明家。“你的猜测是什么，汤姆？”

“我更倾向于整个事件中并没有发生意外。”汤姆紧闭着嘴唇，“十有八九是巴德猜对了。”

艾姆斯皱着眉点点头说：“一定和袭击‘蓝天女王’的是同一伙人，确信无疑。”

“是的。而且是出于同一个理由。”汤姆说道。

“为了得到我的原子能发电装置。哈伦，任何一个在我们之前将原子能发电装置公之于众的人都有可能。”

汤姆继续踱着步说道：“要是能联系上无人机就好了。”

“等下，机长！”乔治·迪林突然说道，“无人机上的主设备是为了进行无线电监控吗？”

“当然。”汤姆停顿下说，“我那么设计是希望便于在卡布里斯坦寻找矿山。不幸的是，这种设计使它极易被敌人拦截。”

迪林挥舞着手说：“好吧，但这也意味着它能回应从企业集团发出的无线电请求脉冲！”

“嘿！你说得对！”汤姆欢呼道，他的脸重新焕发光彩。“如果我们能用应答脉冲上的三角测量进行定位，就能找到飞机的降落地了！”

“我们一定可以成功，”迪林说道，“我认识一些无线电爱好者，他们一定乐于帮助我们！”

汤姆给这位无线电主管一个熊抱说：“乔治，老男孩，你真是个天才！作为一个设计师，我真是惭愧自己没想到这点！”

他们快速走进企业集团通信中心。在这儿，迪林给无线电爱好者们打电话寻求帮助。

等到乔推进来晚餐——热烤牛肉三明治时，已经有超过100个回应者。

迪林解释道，由一架飞机在企业集团上方的高空飞行，每分钟发射出一个“请求”脉冲，从七点开始，一直持续到获取定位。汉克被派遣用喷气直升机执行这个任务。

汤姆紧张地看着表滴滴嗒嗒走到了快七点钟。

“放松，机长。”巴德笑着拍着他的后背说，“我们怎么可能找不到那架无人机呢？”

“不可能，除非敌人篡改了归航装置。”

巴德的脸变得紧张起来，宽慰道：“省省吧。现在你已经捕捉到丢失的脉冲了！”

七点钟刚过，就接到了十多个无线电方位。迪林也捕捉到了微弱但清晰的无线电脉冲。

“已经很好了！我们现在要精确到方位了！”汤姆喝彩道，他锁定了最后一个方向线。

所有人都被定位出的地点震惊了——几乎在海岸边上的一点，肖普顿西南方的170千米左右。

汤姆不顾哈伦·艾姆斯焦急的警告，宣布他会立即赶往定位点。

“耽搁越久，敌人就有越多时间找到原子能发电装置的建造原理，”汤姆指出，“何况，再过一小时天就黑了。”

汤姆保证如果他侦察时碰到麻烦，会立刻用无线电广播请求增援。

几分钟后，他和巴德就乘“旋转小鸭”离开了。他们在天空中向西南方向飞行时，既紧张又激动。

“那个一定是。”过了一会儿汤姆说道。在一条沿海高速公路和一个条形开放沙滩中间，有一座巨大的谷仓型建筑。汤姆

开始低空盘旋。

“你觉得我们应该着陆吗？”巴德问道。

一瞬间，谷仓发出震耳欲聋的爆炸声，喷气直升机像玩具一样被弹开了！

第十二章 放射性辐射

巨大的震颤吓得两个年轻人目瞪口呆，爆炸像是从建筑里开始的。

当喷气直升机在空中旋转时，巴德已经昏厥过去，而汤姆紧紧抓住控制装置，挣扎着保持清醒。他使尽浑身解数，控制住飞机并试图安全降落在沙滩上。但是他的力气终于耗尽，开始头晕目眩。当飞机轮刚勉强碰到沙地，他就失去知觉，昏倒过去。

巴德虚弱地呻吟着，开始慢慢苏醒过来。他慢慢睁开眼睛，看到汤姆昏倒在控制装置上。

“汤姆！你还好吗？”

巴德疯狂地给他的朋友做着急救。汤姆慢慢苏醒过来。

“晚上好！是什么袭击了我们？”汤姆嘟囔着问道。

他坐直起来说：“哦——哦！我记起来了！那场爆炸！”

两个男孩转过身，看到右边火光一片。距沙滩两百米处，那个谷仓一样的建筑已变成一片废墟 。熊熊烈火和滚滚浓烟从

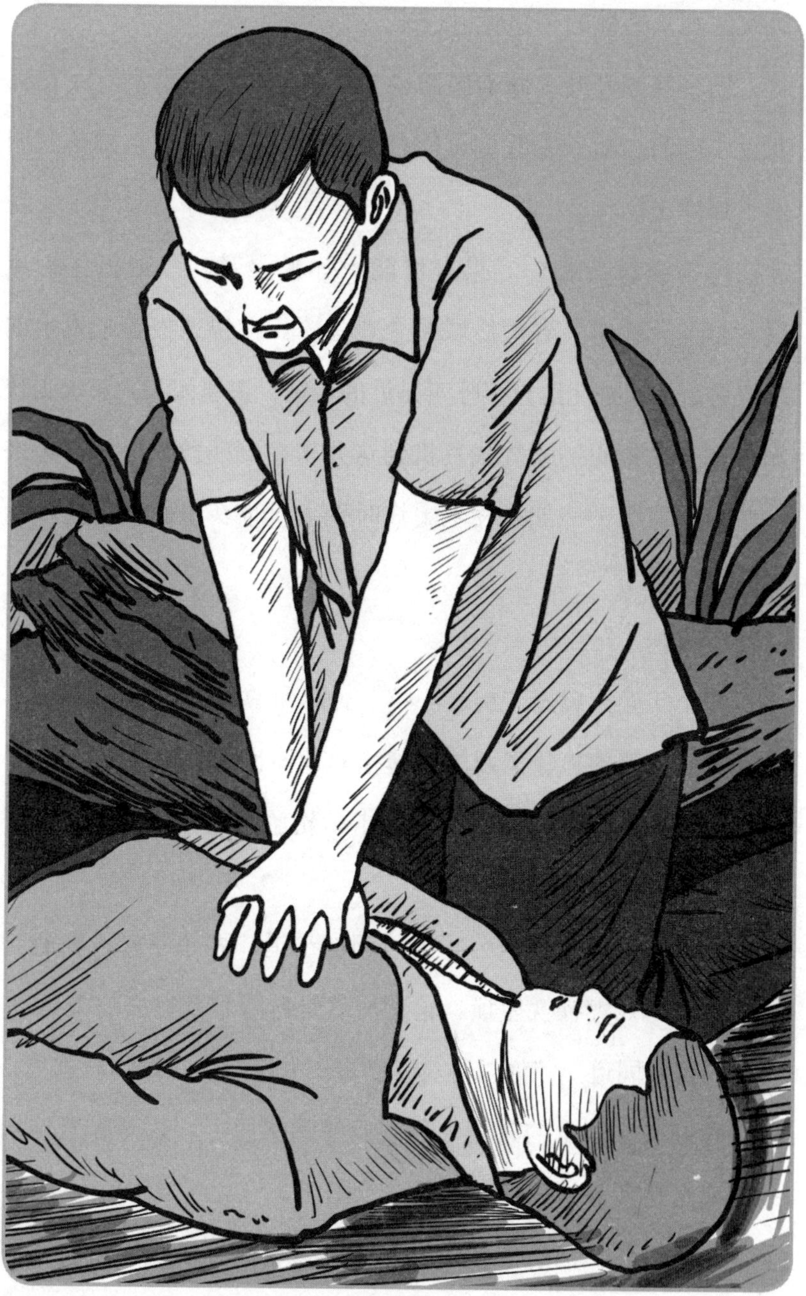

滚滚浓烟从残骸的一边喷射过来。

巴德气喘吁吁，眯着眼睛说：“你是不是也猜测有人在那儿设了陷阱，机长？我们可能打破了磁场，所以才在降落时引爆了炸弹！”

汤姆颤抖着说：“很有可能，你说得对。”他抓住麦克风，打开无线电装置然后联系企业集团。在快速报告了发生的事故后，汤姆补充道：“呼叫最近的城镇，快速派人来灭火！快派一辆有大齿轮的喷气式货机到这儿来探测残骸！最好再送来一些防辐射服——如果发生爆炸时无人机也在里面，废墟里就会发出辐射！”

“收到！”

两个年轻人爬出“旋转小鸭”，尽量靠近残骸察看。

突然，巴德抓住汤姆的胳膊指向地面说：“快看！”

尽管一片废墟，崭新的重型卡车轮胎印在轻微的火光中还清晰可见。

卡车穿过建筑物与公路干线间的土道。两个年轻人注意到被炸飞的一片镀锌铁屋顶。轮胎居然是压着它开过去的！

汤姆赞同道：“你说得对，巴德，一定有人在爆炸后逃离，正是我们失去知觉的时候！”汤姆皱眉深思，“这意味着这场爆炸一定是人为的——而不是一个陷阱。”

几分钟后，消防车伴随着鸣叫的警笛姗姗来迟。救护车快速到达他们身后的爆炸场地。在沙滩上建立水泵、拉开消防水带，输送水浇灭燃烧的火焰。

当最后一撮火苗熄灭时，一辆斯威夫特喷气式货车到来，在沙滩上放下升降机，走出六个企业集团员工，其中包括汉克·斯特林、哈伦·艾姆斯和阿维德·汉森。

“打开舱口，拿出便携式起重机。”汉克命令助手们。

汤姆和大家一起匆忙穿上有防护罩的防辐射工作服。当他们靠近还在冒烟的残骸时，服装上的红色警报灯亮起。

“这地方真的有辐射啊。”巴德嘟囔道。

驻足在高速公路旁的消防员和围观群众都被警告后退。斯威夫特企业集息的员工们身着防辐射服，由汉克监督着清理残骸，寻找受害者。

汤姆和巴德检查了建筑物未损坏部分，发现了两个失去意识的穿着白色实验服的男人，帮忙将他们抬上了救护车。

两个受害者都伤势不轻。一个身材矮壮，几乎秃顶。另一个很高，皮肤黝黑。

当后者被抬进救护车时，张嘴呻吟，下颌微微下沉。汤姆看到那个男人居然有几颗金牙，顿时大吃一惊，他会是造成机场爆炸恐慌的人吗?

“他们能活下来吗? ”巴德问给受害者检查的年轻医师。

医师耸耸肩说：“这不好说啊。他们现在的情况都很糟糕，估计过一阵子才能回答问题。”

事发现场被探照灯照亮，起重机组继续工作。调查爆炸发生的建筑物时，汤姆找到了许多个零部件和变形的无人机结构元件。他同样发现了已经损坏的原子能动力舱的“久强”外壳。

但是最令人震惊的发现是半小时后，他们看到一本残缺不全的书，这本封面奇怪的书叫《在遥远的阿拉伯半岛旅行》！

“艾德堂兄的书！”汤姆激动地欢呼道，他从残骸中拿出书，抖落掉上面的灰烬，“我一定要把这个拿给他看！”

艾德·朗斯特里特第二天如期抵达肖普顿。他刚到达，在哈伦·艾姆斯办公室里工作的汤姆就让堂兄去找他。汤姆给堂兄看那本未经辐射污染的损毁的书，艾德翻看几页后阴沉着脸说：“有些页码被撕下来了！最重要的几页！讲述埃米尔矿的！”

艾姆斯给他看一张照片。“你之前见过这个男人吗？”这位安保主管问道。

那是一张在医院照的照片，患者是一位受害者。

艾德点点头说：“就是那个在我坐飞机来肖普顿时，坐在我身边的人——金牙先生！对了，爆炸原因是什么？”

“很有可能是当他们把原子能动力舱从无人机上搬下来准备拆卸时，发生了爆炸，”汤姆回答道，“外壳仍然是完整的。”

“至少你又多了一条证据证明你的‘久强’外壳是绝对可靠的。”艾姆斯说道。

就在那时，电话响起。艾姆斯拿起电话说了几分钟，然后挂断。

“是医院打来的。”他报告道，“那两个男人还未恢复知觉，但是已确定他们中只有一个人能生还。医生说他们吸收了太多辐射。”

只有一件事是肯定的：偷书和偷无人机都是同一个人指使的。

因此，汤姆推理出想要得到原子能发电装置的人，也搅进了红宝石矿山的秘密中。

“我有预感我们会找到解开卡布里斯坦两个秘密的钥匙！”汤姆宣布道。

会议结束时，这位年轻发明家感到前所未有的渴望，想加快卡布里斯坦项目的实施。

他没有因为无人机损毁而一蹶不振，而是开始制作新的无人机和归航装置模型。这次，汤姆增加了一个安全有效的“自毁”机制——如果有人篡改无人机，它就会立刻破坏所有的机密部件。

48小时后，追踪信鸽测试成功——这个磁性归航设备引导着无人机直线返回工厂。汤姆为他的最新发明欢呼雀跃。

他回到实验室后，得知亚萨·普罗法德打电话找他。“发生了些可怕的事！”这位银行家哭诉道，“我们必须放弃卡布里斯坦项目！”

第十三章 鬼鬼祟祟的珠宝商

“你是说叫停所有工作？”汤姆简直不敢相信自己的耳朵。

“恐怕我们没有别的选择。”普罗法德回答道。他的声音听起来沙哑而紧张。

“但是为什么呢，先生？”

“我——我认为我们最好不要在电话中谈论这件事，”这位银行家告诉汤姆，“你一早上都会待在实验室里吗？”

“是的。”

“很好。我会尽快乘飞机到你那儿。”

汤姆茫然地挂掉电话。他全心全意投入到这个项目中，当听到普罗法德的话时，他大吃一惊。一个能展示科学奇迹可以造福整个国家的绝妙机会，几乎被一通简短的电话毁于一旦。

巴德几分钟后走进实验室，发现这个年轻发明家灰心丧气地凝视着窗外。“嗨！发生了什么？”巴德问道，“不管发生了什么，都不至于太糟糕——你的归航装置刚刚测试成功啊！”

“哦，不会？”汤姆反驳道，“等你听到普罗法德发布的最新消息就知道啦。”他说出了银行家传达的惊人的消息。

巴德越听越心灰意冷。“但是普罗法德不能取消所有项目，毕竟你已经费力做好准备工作了！你父亲怎么想呢？”

“他去W城了，但是我真希望他在这儿。”

银行家装有双发动机的私人飞机从X城出发，四十分钟后抵达这里。

普罗法德先生驱车到达行政楼里的斯威夫特办公室。汤姆、巴德和哈伦·艾姆斯正在那里等着他。

“我知道这个决定简直是晴天霹雳。”当大家都就座后，普罗法德开始说道，“但是当你们听完发生的事情，你们会认同我们，除此之外无计可施。你们记得斯凯勒·格雷恩，工程的三个合伙人之一吗？你们在林中屋见过吧？”

“是的。”汤姆和巴德说道。

“他两天前飞到卡布里斯坦协商项目的财政细节。”普罗法德继续说道，“昨晚他在酒店被劫持了。”

“什么！”汤姆和朋友们大吃一惊。

艾姆斯惊得向前大幅度弯腰，问道：“你知道是谁干的吗？”

“一点线索都没有。”普罗法德回答道，“我今早收到卡布里斯坦政府的电报。片刻后，我接到了一个匿名电话。”

来电者警告说，除非彻底放弃卡布里斯坦科技援助项目，否则斯凯勒·格蕾恩就再也别想活着见到他的同伴了，而且还会继续遭到致命报复。

普罗法德停下来，摘下了金边眼睛，紧张地擦拭。他闪烁的眼睛充满了忧虑。“你们知道我真的没办法继续下去了。斯凯勒·格雷恩不仅仅是我的项目伙伴——他还是我很亲密的好友。他的妻子和家人听到这个糟糕的消息已经濒临崩溃。”

汤姆的脸上阴云密布。“我能体会你的处境，先生。我认为，坚决不能让格雷恩先生有生命危险。”

尽管汤姆的声音听起来很镇静，但他早已是满腔怒火。

“我想，你已经通知警方了吧？”他问道，“我的意思是跟踪匿名电话的行动。”

普罗法德点点头说：“还通知了国家调查局。但其实，他们能做的太少了，毕竟受害者在几千千米以外。”

“你认为这个敌人与想要窃取你微型发电装置的敌人是同一个吗，汤姆？”

这位年轻发明家皱着眉用手指敲着桌子，说：“可能是。你觉得呢，哈伦？”

“恕我唐突，我觉得是。”这位安保主管回答道，“很明显，我们正在对抗一个不择手段又配有精良科技装备的致命敌人。我猜他要么是外国危险分子，要么是强有力的商业竞争者。”

“弗拉伯！”巴德大叫道，用拳头重重砸在桌子上。

“不要忘了，”汤姆说，“有很多装备齐全的人，都想掌握卡布里斯坦，占据科技或商业的命脉。”

当听说汤姆的第一架无人机模型被偷和爆炸事件发生后，普罗法德感到前所未有的沮丧。

“这就是我不想在电话上说的原因，”银行家解释道，“因为我们的敌人一定在这个国家安插了间谍，我怕电话内容被窃听。”

已经过了中午，银行家接受汤姆的邀请，在企业集团吃完午餐再走。尽管乔准备了美味丰盛的食物，但每个人都默默无语地进餐。

“奥顿·斯罗姆怎么没和你一起过来？”巴德最后打破沉默问道，想引出点话题。

“他又去举办一个画展。”普罗法德回答道，“这次是去南海。”

几分钟后电话响起。乔站起来接电话，说电话是打给普罗法德先生的。银行家的脸立刻紧张起来，好像预感到会有更糟糕的消息。

他拿起了听筒。大家都等待着结果，然后吃惊地看到他的脸上舒展开快乐的笑容。普罗法德说了五分钟，然后挂断电话，释怀地笑了。

“天大的好消息！”他宣布道，“我的办公室刚刚接到卡布里斯坦的另一封电报。斯凯勒·格雷恩已经安全了！一个军队巡逻时从三个正要押他进山的男人手中把他解救出来了！”

巴德高声欢呼，汤姆对艾姆斯笑笑，内心里禁不住狂喜。

“两个绑架者，”普罗法德继续说，“在冲突中被击中。还有一个已被囚禁，但是拒绝做任何发言。”

“项目呢，先生？”汤姆问道，“我们要重新启动吗？”

银行家停顿住，严肃地瞟了眼汤姆。“我认为这是你该回答的问题，汤姆。你和你的队员在那儿可能要面临各种各样的危险。”

“我们想冒一下险，”汤姆忽闪着眼睛说，“我只会带志愿者去那儿给我当助手。”

巴德笑着抬起手说：“让我当你的第一个入伍兵，军长！”

经过大概两周疯狂的准备后，奈德·牛顿在斯威夫特工程公司的装配线已生产出很多原子能车和卡车。与此同时，工厂另一部分技术娴熟的工人生产出了一个由汤姆的微型原子能发电装置提供电力的磁性追踪信鸽舰队。除此以外，矿探测装备、归航装置以及每架无人机上都安装了汤姆在第二架无人机模型上测试成功的自毁机制。

汤姆每晚都工作到深夜，完善计划——订购并检查物资，为他精心挑选的志愿工作组列出工作说明。

只有一次，在周六晚上他和巴德溜出去和女孩们约会。

周一早上，斯威夫特夫妇、桑迪、菲利斯和她的父母聚集在企业集团飞机场，目送孩子们开始这次远征。除了“蓝天女王”，还有四架巨大的喷气式货机在跑道上一字排开。

“祝你好运，儿子，”斯威夫特先生紧紧地握住汤姆的手说，“我相信你一定能顺利完成这个宏大的项目。”

“谢谢，爸爸。我会竭尽全力。”

当汤姆拥抱斯威夫特夫人时，她的眼中饱含泪水。“我不应该担心的，”她对汤姆说，“但是一定要早日回来，亲爱的。”

桑迪与她的哥哥吻别，菲利斯也羞涩地在汤姆脸上亲了一下，和他道别。

“我呢？”巴德抱怨道，装作嫉妒得眼红的样子。

“快进舱门吧。”桑迪指着“蓝天女王”笑道。然后她不情愿地在巴德脸上啄了一下，脸唰地红了。

艾德·朗斯特里特恳求加入这次远征，并向热情好客的斯威夫特家表达了感谢。

哈伦·艾姆斯负责与卡布里斯坦政府的安保联络，他在登上飞行实验室前与斯威夫特家人和牛顿家人握手。乔也在登上飞行实验室前与他们握手告别。

很快，这个巨大的银翼天空巨人呼啸着起飞，喷气式货机在后面整齐地跟着。不久后所有飞机在大西洋上空排成优雅的V字形飞行队列。

那天下午晚些时候，当四架喷气式飞机进入卡布里斯坦营地，汤姆在营地附近的机场着陆。他和艾姆斯不得不在这里准备过会儿的铁路运输安排。这些物资需要通过铁路送达。

此时，艾德和巴德正乘坐出租车去当地市场。“如果我能找出那个珠宝商是在哪里得到的红宝石，我们就能得到通向埃米尔矿的真正线索。”艾德满怀期待地说。

当巴德看到大概有200万人的熙熙攘攘的大街时，吃惊地睁大眼睛。街上挤满了交通工具，包括绵羊、山羊，甚至骆驼都步履沉重地行走在汽车和公交车之间。许多女人还戴着方披巾——当地披肩服装。

用砖搭建的拱形市集就是一个绵延几千米的拥挤长街。小摊上有黄铜器、鞋、香料、香水、食物……几百种不同物品。

“什么？没有地毯？”巴德讽刺地说。

“地毯市场有卖的，”艾德回答道，然后突然指着前面的摊位说，“那个家伙在那儿！”

一个光头男人站在一个摆满珠子、手镯和其他珠宝装饰品的柜台后面。

一开始，那个男人拒绝回答艾德提出的关于红宝石的问题。但是当艾德拿出一张100元钞票，示意他做个交易，那个男人便羞涩地笑着同意了。

“克利·库博！很好！”他嘟囔道，“今晚你一个人到这里来，我会带你去见一个知道红宝石来历的人！”

第十四章 野蛮部落

艾德向巴德投去胜利的目光。“我什么时候来见你？”他问珠宝商。

“日落时。”那个男人行额手礼说道。

“希望那个人能守信用。”巴德想着。艾德买了一条项链后他们便离开了。

汤姆和艾姆斯晚些时候回到“蓝天女王”，安排好铁路运输后，看到巴德和艾德在等他们。

“我要担当一下侦探啦。”艾德宣布道。

他报告了与珠宝商做的交易后，汤姆和艾姆斯像巴德一样，都对珠宝商的承诺半信半疑。

“也许是我疑心太重，”安保主管皱眉说，“但是整件事情听起来都很可疑。如果红宝石的来历隐藏着秘密，那个人不会把秘密透露给一个陌生人。尽管他们知道，你可能是一名侦探或警察。”

“我同意，”汤姆说，“这可能是一个陷阱。”

但是艾德太想去一探究竟，汤姆只得同意他去，但是坚持一定要采取防护措施。

“我们可以监视，”艾姆斯建议道，“当艾德和那个家伙见面时，我们三个人可以在附近密切跟踪监视他们。”

“我认为这个主意不错。”艾德同意道。

四个人一同坐出租车去集市，提前侦察一下见面地点周围的情况。

艾德精通很多语言。他给司机指明方向——一个从集市延伸过来的公共广场。

“看见那扇拱门了吗？”巴德对汤姆和艾姆斯说完，然后指着拱廊内的一片空地，“那个珠宝商的货摊就在那边，再往右，向里面走一点就是。”

艾德补充道：“我们俩会在那里见面。”

艾姆斯瞟了眼广场，在密集的商店和建筑中有一个露天餐馆。

“那里正适合监视，”艾姆斯说，“你去集市时我们可以在那儿吃饭。你们出来后，我们就开始跟踪。”

“好的！”艾德同意道。

快到七点时，汤姆、巴德和艾姆斯闲逛回餐馆。他们一路有说有笑，就像一堆闲逛了一整天的疲劳的游客。他们在一张桌子旁坐下，一个服务员匆忙赶来，向他们行了额手礼，然后开始点餐。

服务员很快端上一盘形似闪闪发光的珠子一样的东西——鱼子酱。还有几碗坚果，看起来就像农家奶酪。然后是一盘黄瓜沙拉、扁的圆盘形大块烤面包和分量充足的烤肉串。还有道菜把松软的米饭与生蛋黄搅拌，最上面点缀几片烤羊肉。

“嗯！还不错！”巴德尝了口菜说。

正在吃饭时，一辆他们提前雇好的出租车，停在附近的路边。

“艾德在那儿！”当三人组正吃着点心，汤姆说道。

他的堂兄走进了拥挤的市集。过了一会儿，他们看到他走出拱门。

他旁边是光头珠宝商，戴了顶黑色无沿便帽。艾德听从珠宝商的指示，招手拦下一辆出租车，两个人都坐了上去。

汤姆快速付款并给了服务员小费，接着艾姆斯说道：“我们走！”三人组快速进入等待他们的出租车。

艾德乘坐的出租车消失在从广场延伸出去的街道上。应汤姆的要求，他们的司机加速跟进。

现在太阳已经落到城市的屋顶后，只留下一圈红色光晕。前面的出租车进入了一条车水马龙的宽阔大道。当他们在后面跟踪时，汤姆看到雄伟的政府大楼、商店、精美绝伦的圆顶清真寺，还有几幢高耸的现代化公寓大楼。

艾德的出租车离开市中心，进入一个贫民区——这个地区布满了狭窄弯曲的街道和肮脏的泥砖建筑。

夜幕降临，这也有利于跟踪的车不被人发现。这时，前面的车停下来，艾姆斯也告诉司机停车。

艾德和珠宝商下车，向司机付款，进入了一幢颜色单调的白色大楼。

几分钟过去了，半小时过去了，汤姆、巴德和艾姆斯焦急地等待着。一小时过去后，这三人开始警觉起来。

“我们等得够久了！”汤姆说，“我们得进去看看是怎么回事了！”

街道在居民区附近，而艾德和珠宝商走进的大楼就像蜂窝一样，里面都是独立的公寓。

这三个A国人试着敲了几户人家的门，想问些问题。但是那些居民——皮肤黝黑的男人和女人还带着衣衫褴褛的孩子——都是一问三不知。

“没有希望了。他们根本不懂英文，”汤姆简洁地说，“我们得给警察打电话。”

艾姆斯和巴德留下来密切监视，汤姆乘车到最近的警察局。他向大胡子警官哈桑解释了发生的情况，耽误了很多时间。最后，警方派遣一辆警车到事发地点。警官询问了很多居民关于大楼的信息，但是一无所获。

“这个中间走廊可以通向一条后巷。”巴德指出，“如果那个珠宝商发现我们跟踪他，很可能带艾德穿过大楼，甩掉我们。”

“恐怕巴德说的是对。”艾姆斯同意道。

所有房间都搜查完后，警察放弃了。汤姆、巴德、艾姆斯和警察一起回到警局，跟着警官做笔录，然后这帮A国人坐出租车去了A国大使馆。大使馆官员承诺会竭尽全力进行搜索。

在“蓝天女王”上度过了彻夜无眠、忧心忡忡的一晚后，汤姆和两个同伴匆忙赶回城里与警方和大使馆核查消息。哪方都没发现任何线索。

但是，一个大使馆的工作人员说政府已经发布了全城搜索令，查明艾德是死是活。

与此同时，警方已经检查了珠宝商在市集的货摊，还没有营业。没有任何关于珠宝商去处的线索。

汤姆和巴德心神不宁地度过了一天，想要找到任何可以挽救现在黯淡局面的线索，但徒劳无功。他们绝望地游览了古利斯坦宫（里面有镶有宝石的著名的孔雀宝座），美丽的赛帕撒拉族清真寺，还有私人健身房“力量之屋”。在这里，身材健壮的大胡子肌肉男挥舞着重重的棍子，伴随着有节奏的鼓点和吟诵的诗歌摔跤。

“你和那些勇士比试一下摔跤怎么样？”巴德小声说。

“不了，谢谢。”汤姆苦笑道，“但是我觉得乔可以小露一下身手。”

24小时过去了，还是没有艾德的消息。在警察局，汤姆绝望地询问全城搜索什么时候才能有结果。

警员哈桑说他也说不准。他说道：“也许明天就能有。”

汤姆回到机场，做了一个艰难的决定。“我不能再等下去了，”他对艾姆斯说，“项目那边很需要我。你可以自己待在这边关注事态变化吗？”

艾姆斯同情地拍了拍这位年轻朋友的肩膀说：“当然，机长。你去忙你的事，不用担心这边。我会关注事态进展，直到找到艾德。”

不久，“蓝天女王”飞过无边无际的沙漠，然后越过白雪皑皑的高山向卡布里斯坦飞去。汤姆向营地飞去。

“嘿！是那个吧？”当巴德看到下面渐渐逼近的营地欢呼道。

帐篷里挤满了忙忙碌碌的人。帐篷、金属棚屋和仓库已经在河弯搭建起来，当地工人卖力地用推土机推平飞机场地面。

汤姆和巴德下飞机时，首先看到了乔和汉克·斯特林。“进展得不错，汉克，”汤姆一边和这位声音沙哑的工程师握手，一边说，“看起来你很忙。”

“我们已经准备好两天后开始搜索矿藏。”汉克报告道。

当听说艾德消失后，他和乔都大惊失色。“不要害怕，”乔对汤姆说，“我有预感他一定会平安无事。”

那天下午和晚间，汤姆检查了计划的每个细节。第二天早餐后，巴德建议他们乘坐原子能车探测一下地形。

这两个男孩穿过山谷平原，然后沿着布满绿褐色骆驼草残株的斜坡向高处飞行。

当他们飞到离营地很远的高空时，看到更肥沃的高地。那里有浓密的灌木和繁茂树木的小块田地。

突然男孩们被雷鸣般的铁蹄声震惊。当看到两个凶神恶煞的山中部落男人匆忙地骑上马背，越过山脊时，他们吃惊地倒吸了一口冷气。

这些戴着头巾穿着灯笼裤的骑手们正在呐喊并挥舞着闪闪发亮的长矛。

汤姆紧张地说："我们最好快点离开！"

那些部落男人冲他们飞掷长矛时，他按下了仪表板上的斥力装置键，原子能车在关键时刻急速上升。这些瞄准他们的武器只击中了车底部。

"哟！"飞上天空时巴德说道，"很别致的接待啊！"

汤姆对这些善于骑马的山地人表现出的明显敌意十分担忧。这会不会预示着他的营地会有麻烦？然而，从他读到的关于卡布里斯坦的描述看，野蛮的部落人攻击无辜游客早已经是过去的事了。

"也许他们只是热情过度。"汤姆满怀期望地说。

"我宁可不要那种热情，"巴德反驳道，也许西蒙·韦恩

告诉我们的‘谣言’是真的。”

目前，还没有迹象表明有袭击者，汤姆决定着陆。他缓缓下降停在了一汪蓝色湖水附近的平地上。

“你想下去走走吗？”汤姆问巴德。

“当然！这个国家看起来很适合徒步旅行。”

两个男孩滑开车盖，走下原子能车。他们走向湖边，开始在岸边散步。

砰！砰！砰！

汤姆和巴德吓了一跳，这次一群同样凶神恶煞的骑手们拿着步枪，从一个布满白杨和山柳的浓密树林里风驰电掣般驶来，不给男孩们一点回到车里的机会。

这两个年轻人意识到已经陷入困境后，努力表现得英勇无畏。

“咱们是朋友！”汤姆提高嗓门叫道，“我们在和你们和平相处——为什么要攻击我们？”

他的声音被骑手们愤怒的叫嚷声淹没。他们快速勒住马，从马鞍上跳下来，围住了两个年轻的A国人。几分钟后，汤姆和巴德的手被捆住了。

然后长胡子的酋长从艳丽的腰带上抽出一把短弯刀，挥舞着威胁两个男孩。

汤姆和巴德吓得脸色苍白。“看起来他是要来真的！”巴德喘着气说。

第十五章 夜袭

当长胡子酋长大声对他们咆哮，把短弯刀贴近他们的脸时，汤姆和巴德默默地祈祷着。

汤姆感到很无助。他和巴德真的要被杀了吗？他再也见不到爸爸还有桑迪和菲利斯了吗？

突然一个遥远的喊声打断了酋长的咆哮。汤姆和巴德瞪大眼睛。他们看到一个戴着硬壳太阳帽、穿着卡其色马裤的骑手急匆匆地跑下山坡。另外两个骑手紧跟着他。捉捕男孩们的人回头看着来访者。

最前面的骑手长着鹰一样的脸和黑胡子。汤姆觉得很眼熟，突然，他叫道：“弗拉伯！”

巴德愁眉不展，又愤怒又害怕。“我告诉过你，那个人是我们的敌人！”他说道，“我猜他就是带头向咱们开枪的人！”

弗拉伯勒住马，激起一片尘土和碎石，然后跳到地上。他压低声音对酋长说了几句话。接着，酋长与他争辩起来。他们粗暴地用手势表达，先对着两个男孩，然后转向原子能车。

“卡发亚！”弗拉伯摇动他的手安抚他。然后对两个男孩说：“你们太不明智啦。”

“你是说单枪匹马来到这儿？”汤姆反驳道，“我们什么都没做。为什么你们的人要袭击我们？”

弗拉伯说：“他们不是我的人。他们是俾路支部落的人——正如你们所见，有点粗暴，但是很喜欢交朋友。不幸的是，他们第一次接近你们时，你坐原子能车急速飞上天空把他们吓得惊慌失措。”

“那些部落男人，”弗拉伯继续说道，“得出那个车被施了魔法的结论，而开车人一定与恶魔联盟。”

“你希望我们怎么做？”巴德咆哮道，“那些长枪兵高声对我们呵斥的样子看起来一点也不像捉人游戏。真是一个交朋友的好方式啊！”

弗拉伯咯咯笑起来，露出洁白整齐的牙齿。“毫无疑问，这有点儿吓人。你们知道，世界上这个区域的山中部落从来都是像鹰一般自由。一个男人最好的朋友就是马，其次就是一根长矛或一把步枪——并且他们总是喜欢在很兴奋时使用它们。”

“我们来这儿是为了帮助他们捍卫自由的。”汤姆说。

弗拉伯眼光锐利地看着年轻的发明家，然后说道：“我相信你们。”

他转过身和部落男人们说了几分钟话。

他们粗糙黝黑的脸上渐渐绽放出友好的笑容。酋长一声令下，两个人出来给汤姆和巴德松了绑。

“这是法兹尔可汗。”弗拉伯说着介绍他们的首领。

法兹尔可汗笑着拍拍男孩们的肩膀，一边用力地和他们握手，一边滔滔不绝地说了很多话。

“他邀请我们去他那儿做客。”弗拉伯翻译完，冷漠地补充道，“我认为最好接受邀请。”

汤姆笑着说：“我们很荣幸。”

男孩们走进原子能车。刚开始部落男人们还怀疑地打量着这车，但是看到汤姆和巴德并没有要起飞的打算，他们不久就从旁边骑着马离开，开心地玩闹着把步枪举向空中开火。

胜利的队列奔向几千米外的俾路支营地，戴着面纱的女人和目光明亮的孩子都从帐篷里出来，盯着陌生人看。许多人都戴着手镯和耳环。

酋长的帐篷里铺着华丽的毯子，仆人拿出巨大的银色茶壶，招待客人喝茶。接下来是一个盛大的晚宴。主菜是烤羊头。最后上的是瓜类水果、无花果和用石榴做的点心。

法兹尔可汗做了一个很长的欢迎致辞。汤姆说了答谢词，让弗拉伯充当翻译。然后法兹尔可汗给两个男孩每人一把雕刻精巧的大马士革钢刀。汤姆和巴德笑着行礼接受了礼物。

“我们能给他们什么，机长？”巴德问道。

“我们的腕表。”汤姆小声说。

法兹尔可汗和他的妻子收到这些礼物很开心。

“那他们就能逃过你家的警报系统了。”巴德偷笑着对汤姆说。

汤姆在肖普顿的家用电磁场保护着，汤姆的家人和他们所有亲近的朋友都戴着装有微型中和器线圈的表，避免靠近它时触发电子警报器。

汤姆邀请东道主坐一下原子能车。起初只有法兹尔可汗敢坐上去，当车升腾起来在低空飞翔时，他快乐地呼喊着。然后所有的部落族人都叫嚷着要坐。最后两个年轻的A国人终于可以离开了。弗拉伯和他的人陪伴他们走了一段返回营地的路。

汤姆确信弗拉伯不是在他们背后制造麻烦的人，在离开他之前，汤姆决定告诉他西蒙·韦恩提到的那个秘密暗杀邪教。

弗拉伯嘲笑道：“你的朋友韦恩有点儿记混地理知识了。那个邪教从来不在这里活动。他们的大本营离这里远着呢。”

汤姆感到如释重负。“谢谢，”他一边握手一边对弗拉伯说，“你不仅救了我们的命——还卸下了我们心头的一副重担。”

日落时，营地所在的村落从白天的喧嚣沉寂下来，凉爽的微风从山顶吹下来。夜幕快速降临，夜空中繁星点点。

午夜过后，汤姆被营地上的骚乱吵醒。他从床铺上一跃而起，穿上卡其色便裤和拖鞋，按下一个开关，匆忙走出去。巴德睡眼惺忪地跟出去。

那个开关打开了围绕营地的很多探照灯。在刺眼的灯光下，可以看见机组人员和雇佣的内地工人从棚屋和帐篷中冲了出来。

“突袭者！”巴德一下子清醒过来，喘着粗气说道。

一阵喧嚣的马蹄声在营地里回荡，几个逃跑的骑手飞驰进黑暗中。

“试试我的追捕力量吧，那些盗贼绝不可能从我手中逃跑！”乔怒吼道。

这位勇敢的人骑上自己的马。这是一匹漂亮的阿拉伯母马，是乔之前在一群路过的部落男人手中买的。

几秒钟后，他勒住这只皮毛光亮有灰色斑纹的马，来不及套上马鞍，抓起一圈绳子，就飞奔出去。

汤姆和其他人目瞪口呆地看着。厨师冲出营地，嘴里连珠炮似的发出呐喊声。

“乔！等等！”汤姆循着他的叫声喊道，“他们可能带武器了！”

他和巴德正想开原子能车跟上，这时乔满脸骄傲地返了回来。他带了一个用套锁捆着的囚犯。

“伙计，干得好！”汤姆说。

他找来了阿里——汉克招聘员工时的翻译。那个俘虏是一个戴头巾的山地人，闷闷不乐地听着阿里的提问。但是他唯一的回答就是摇头或者只嘟囔几个词。

阿里转向汤姆耸耸肩说："我从他口中得不到任何信息。"

汤姆茫然不知所措，再加上心神不宁，只得下令先把囚犯关押起来。他还吩咐几个A国机组人员在夜里放哨。营地的人最后都继续睡觉了。

第二天早上，汤姆在餐厅吃完早餐时，汉克走了进来。他的脸上神情严峻。

"怎么了？"汤姆问道。

"当地工人不肯把飞机跑道修完，"汉克说，"他们要求结算工资。"

汤姆快步走出去。男人们一组一组密集地站着。他们看起来很害怕。

"这到底是怎么回事啊？"汤姆问道。

这位翻译烦躁不安，闪烁其词。汤姆想要质问他，但是不知道从何说起。最后他要求把囚犯带出来。那个笑容狡诈的人给汤姆提供了线索。

"他交代了，对吧？"汤姆厉声问阿里，"他和他的同伴们昨晚到底想干什么？还是你更想和警方谈谈？"

阿里担忧地瞪大眼睛说：“好的，先生，我告诉你，”这位翻译深吸一口气说，“昨晚来这里的人在营地附近埋下了地雷。谁知道埋在了哪里呢？任何人踩错地方都会粉身碎骨！”

第十六章 可怕的营地

地雷！汤姆和汉克都灰心丧气地看着对方。

其他斯威夫特的大部分机组人员和机械师都聚在一起看汤姆盘问阿里和囚犯。一些人试图开玩笑来想掩盖心中的不安。另一些人，尤其是在肖普顿有家室的人，看起来忧心忡忡。

“地雷埋在哪里？”汤姆问道，“在机场吗？”

阿里肯定地摇摇头说：“不，先生。我把他所说的都真实地向你传达了。他和其他人把地雷埋得到处都是，连帐篷和棚屋附近都有。也许从现在开始，每分钟都可能有人踩到地雷。然后，嘭地一声爆炸！”这位翻译挥舞着手臂，眼中熠熠闪光。

“他们没有时间在整个营地布满地雷！”汉克争辩道。

“你怎么知道？”年轻的地理学家莱斯·尼克松大声问道，“他们可能像鼹鼠一样在这里挖了好几个小时，我们还不知道呢！”

那个囚犯咯咯嘲笑着，明显幸灾乐祸地享受这些A国人忧心忡忡的样子。一个机组人员再也忍受不了了。

“我会让你笑不出来的，你这个卑鄙小人！”他咆哮道。汤姆还没来得及阻拦，他一记上勾拳打得囚犯头朝下打了个滚。

“住手！”汤姆突然冲上来，抓住了机组人员的胳膊，把他从瑟瑟发抖的囚犯身边拖走，“你这样帮不上任何忙！”

“那告诉我们该怎么做！”有人反驳道，“我绝不想当第一个踩到地雷的人！”

“第一个人或第二个人有什么区别吗？”名叫迪韦尔的机械师说，“就算只有一颗地雷，如果我们不知道埋在哪儿，很多人根本就没办法放心地工作！”

很多人都窃窃私语，同意迪韦尔的话语。看到A国人焦急的反应，雇员们开始七嘴八舌地议论，并大声呼吁立刻结算工资。

“大家！安静！”汤姆喊道。他转向阿里说：“告诉他们不用担心。我会亲自检查整个营地然后清除每颗地雷——如果这里真有的话。同时，警告他们待在原地不许动！”

巴德笑着对乔说：“很聪明的措施，是吧？以确保安全的名义，让他们待在原地不动——也就意味着他们不能离开。”

“也许这么做是对的，但是汤姆要怎么办？”这位忠诚的厨师担忧地回答。

“你要怎么做，机长？”雷斯问道。

“你们听过地雷探测仪吧？”汤姆解释道。

“我们有吗？”

“如果没有，我可以做一个。”

看到没有人在“蓝天女王”上，汤姆匆忙地回到实验室，快速装配了一个简单但敏感度高的检波器。他把仪器装入一个扁平的塑料盒里，边缘用硬管封上——做成了一个长柄探测器。他又在上面连上了一副耳机。

当汤姆从飞行实验室出来后，他大步走到囚犯面前，使劲踢向他的脚。然后转向阿里说：“告诉这个家伙，他得和我一起探测地雷。”

阿里露出一抹邪恶的笑容说：“最明智公正的抉择，先生！”

他把汤姆的话告诉囚犯，囚犯听后开始剧烈颤抖，强烈反抗。

“把法兹尔可汗送我的刀拿给我。”汤姆对巴德说。

他的密友笑笑，飞奔进棚屋，过了一会儿，手抚着锋利的弯刀回来。

“告诉那个囚犯，我戴耳机，他用棍子敲地。如果他试图加速，巴德会拿这把刀架在他脖子上。”

阿里开心地站在他旁边给他翻译。机组人员和雇佣工人都在一旁感激地看着。汤姆与这位不情愿的帮助者并肩站着，开始了漫长的对营地甚至是整个机场的搜索工作。20分钟后，他听到耳机里传来第一声信号声。

汤姆小心翼翼地慢慢用一根棍子拨开泥土，所有旁观者都屏住了呼吸。囚犯的眼中写满了恐惧，但是巴德在旁边用刀威胁他，以防他逃跑。

人们已经可以看见埋藏在地下的地雷。汤姆吹了声口哨，低声对同伴说："这可不是业余人士可以干的事，巴德！"

凭着敏锐的直觉，汤姆拆除了这个丑陋的装置。但是他可以感觉到冰冷的汗珠从后背滴落下来。

"哟！"巴德倒吸一口冷气说，"朋友，如果我不知道你是一个科学奇才的话，我现在早就被吓得瑟瑟发抖了！"

汤姆一点点探测着营地，几个小时过去了，时间缓慢地流逝，让人痛苦难耐。其余五个地雷也被探测出并拆除。每次他们到达一个邻近危险地点的地方，那个囚犯就会加倍紧张；而在安全地带，他看起来非常镇静。因此，汤姆可以通过观察他的表情来判断出地雷的地点，加快工作速度。

最后，下午三点左右，汤姆感到工作已经完成了。他叫阿里拷问囚犯。囚犯转着眼珠，积极主动地发誓说，突袭者们埋下的地雷都已经被挖掘出来。

"好的，同志们！"汤姆喊道，"我认为地雷都被清除干净了！"

营地里发出震耳欲聋的欢呼声，工人的脸上堆满了如释重负的微笑。这时乔正拿着一个重重的煮锅出来。

“好耶！”这位老厨师摘掉厨师帽，发出了呐喊声。兴奋之余，他甚至把煮锅抛向空中。锅掉落在营地边缘的一片灌木丛里。

砰！他脚下的土地震动，大块石块和泥沙在空中飞溅，向四面八方撒落下来。当尘土最后都落在地上，那一片灌木丛变成一个的大洞。

“乔！我的天啊，你没事吧？”

巴德和其他六个机组人员跑过来看厨师。乔仍然头晕目眩，惊吓得目瞪口呆。

“我的天啊！”乔结巴着说，“我还完好无缺吗？”

“是的，而且你的啤酒肚依旧很大。”巴德对他说，“但是你的脸色比面粉还白！”

汤姆本能地抓住囚犯防止他逃跑。这位年轻发明家蓝色的眼睛里燃烧着怒火，他的手指像铁钳一样紧紧夹住受到惊吓的囚犯。

“现在每个地雷都被挖出来了，是吧？”那个男人听见汤姆咬牙切齿地说，尽管他听不懂说话内容，但还是害怕得瑟瑟发抖向后退缩。汤姆决定使一个计谋找出真相。“啊，告诉那个卑鄙小人，我要引燃一颗地雷，然后把他拽到引线尾部！”

当阿里翻译时，那个男人害怕地将头埋入膝盖。他抓住汤姆的衬衫前襟，开始哭着求饶。

汤姆冷酷地问："那是最后一颗地雷吗？"

"他说不是，"阿里翻译道，"还有一颗——在他洗澡的河边。"

"很好，"汤姆冷冷地说道，"让他带我去，然后把地雷挖出来。"

当地雷被挖掘出并拆除后，囚犯发誓这是最后一颗。他被汤姆和当地工人的威胁和恐吓吓得心惊胆战。甚至有几个人拿出刀，一边磨着，一边别有用心地看着囚犯。

汤姆觉得那个男人现在一定很愿意如实相告。通过阿里的翻译，汤姆向那个男人提问。但是囚犯发誓说他真的不知道埋地雷的幕后主使是谁，他也是被另一个团伙雇佣的。汤姆相信那个男人说的是事实，但还是觉得不能冒险。

"告诉他我们会留他在这儿当人质，直到营地开始正常运营，"汤姆对阿里说，"如果再有一颗地雷，我就把他交给工人们随意处置。"

阿里翻译后面露微笑。"先生，我觉得我们不需要再担心地雷了。"他报告道。

又过去了两天，工厂、实验室和用来维修的飞机库都快速建立起来。两个斯威夫特水力工程师和肖普顿附近大学的教授，刚刚乘坐喷气式飞机抵达，已经带头护送来一批原子能车和卡车。他们正计划为整个国家建立一个灌溉系统，浇灌极度干旱的土地，以便未来进行耕种。

地雷惊吓后的第三天，第一批磁性追踪信鸽起航。它们大部分都装载了摄像头来记录空中图像。两个来自A国海岸和大地测量局的制图员乘飞机抵达，在卡布里斯坦绘制出第一份精确的地图。

“我不久就会收到无人机报告，”汤姆说，“我希望能有振奋人心的好消息。”

两架首次飞行的无人机发出警笛声。

过了一会儿查看时，一个被证明是低级铁矿，另一个是锌矿。接下来几天发出警笛声的第三架飞机，没能成功回到营地。

“它一定已经坠毁了，机长。”乔治·迪林沮丧地报告道。

汤姆在通信棚里研究了飞行区域的图表，“无人机发出警笛声时大概在哪个区域？”他问道。

迪林在地图上指出地点。他早已经用电脑找出位置。

“好的，我们会从那点开始追踪营地间的所有飞行航线。”汤姆说道。

他和巴德立即乘坐“旋转小鸭”起飞。无人机启动格状搜索模式向东北部飞去。几个小时过去了，还是找不到追踪信鸽的踪迹。

最后，男孩们发现他们置身于一个隐蔽的山谷中。

“我们一定已经接近了那个地点……”汤姆突然停止说话。

一阵高射炮攻击在山谷中轰鸣响起。“我们被袭击了！”他呼喊道。

第十七章 埃米尔矿

“旋转小鸭”遭受到突如其来的攻击，汤姆和巴德都不知道接下来还会发生什么。

突然巴德大喊道：“在那儿！看！”

一架看似致命的小型高射炮从布满灌木丛的山谷中窥探出来。它滚动着，用枪口对准“旋转小鸭”，但是弹火已经用尽。第一轮攻击已经结束。

“控制杆没有反应！”汤姆一边绝望地操作着控制杆一边说道。

一部分机身已经粉碎，一侧机翼已经被射飞。这架喷气式直升机正左右摇摆着疯狂地向下俯冲。

巴德大口喘着气说：“水平旋翼呢？”汤姆早已经用拇指狂按水平旋翼开关，涡轮叶片也进入了飞行模式。

脉动式喷气发动机在驱动水平旋翼快速转动后，发出杂音然后熄火。

“哦——哦！燃料管线一定被击中了！”巴德脸色苍白地

补充道，“无线电通信装置也失灵了！”

“我们只能着陆。”汤姆说道。

当他们无助地向谷底下沉时，缓慢旋转的水平旋翼缓冲了下落过程。

过了很久后，男孩们在一片崎岖不平的地面上降落。

“不管怎样，大部分部件都还在。”汤姆嘟囔道。

“起码现在是这样的。但是那些突袭我们的家伙是谁？”

男孩们爬出飞机，匆忙地搜索山谷。“我们一定离那个高射炮有一千米的距离。”汤姆告诉巴德，“快点！在他们还没派出扫荡分队前快逃！”

这两个年轻人快速朝最近的斜坡跑去。

“那上面有很多树木！”汤姆边跑边说，“如果我们能到达高的地方，至少能找到东西掩护我们！”

他们才跑出100米，枪声就在他们右侧响起。子弹从正前方的一块大圆石上呼啸着反弹回来！男孩们面色苍白地停了下来。

“不许动！”一个声音咆哮着，“举起手来！”

男孩们乖乖照做，看到一个男人走了过来。他把手指放在一把看来威力很大的军事步枪的扳机上。从外表上看，他很像一个A国建筑工人，但是他的口音听起来很像欧洲中部人。有两个看起来凶神恶煞的部落男人陪着他。

“你是谁？”汤姆大胆地责问道，“如果你有任何想击落我们飞机的想法，我警告你——”

“闭嘴！”那个男人咆哮道，然后挤出一个轻蔑的笑容，“你在警告我？哈哈！真是天大的笑话！”

当他向两个部落男人下命令时，笑容突然消失了。不一会儿，男孩的手就被绑到身后。然后他们向开炮地点行进，回到高射炮放置处。

最后他们的捕获者下令停止前进。他举起步枪朝天空开炮，居然有一片灌木丛应声拔地而起！

汤姆和巴德倒吸一口冷气。那片灌木丛下是一道隐秘入口，通向一架金属楼梯。

“下楼！”那个火枪手说。

男孩们小心翼翼地下楼。陡峭的阶梯状楼梯让人惴惴不安，尤其是他们的手还被捆着。

大概往下走了上百米，一条灯火通明的隧道出现在他们眼前。那个举着步枪的人用枪戳着汤姆和巴德前进。

隧道地面很脏，墙用发霉的老旧木材支撑，并用看着很新的金属梁加固着。

隧道末尾有一扇门。捉捕他们的人大喝一声，那扇门便像有人按下按钮一样，迅速打开。

“啊！欢迎，我的朋友们！”一个洪亮的声音传来。

汤姆和巴德吃惊地张大嘴巴。说话者是一个身材高大、虎背熊腰，坐在桌子旁的男人。巨大的金色翘八字胡在他红色的脸上格外显眼。

“西蒙·韦恩！”汤姆惊呼道。

“是我。进来放松一下，男孩们！”韦恩拉开椅子邀请道，“我通过暗门外的隐藏电视摄像头认出你们。一个大惊喜，不是吗？”

西蒙·韦恩开怀大笑道：“你们不得不承认，孩子们，这是最原始的邀客方式——用高射炮！”

“我猜也是你射下了我们丢失的无人机？”汤姆说道。

韦恩承认道：“是的，是我。我一直尝试捕获你的下一架无人机，这样我就可以复制你原子能动力舱的设计。任何东西也别想飞出我管控的区域！”

当韦恩大笑时，汤姆和巴德恍然大悟，眼含愤怒地对视一眼。

“这么说你就是那个在‘蓝天女王’返回大本营时攻击我们的人！”巴德指责道，“而且我敢打赌你还绑架了第一架无人机！”

“那也是我的雇员干的，听从了我的命令。”韦恩承认道。

突然汤姆脑海中闪过一丝怀疑，他回忆起那次隐藏着丢失的磁性追踪信鸽的建筑物突然爆炸，两个受害者之一是金牙先生——这意味着西蒙·韦恩也卷入进红宝石秘密中！

“你这个隐藏的地下室是干什么的，韦恩？”汤姆责问道。

西蒙·韦恩笑道：“你已经猜到了，对吧？很好，你想得很对，我亲爱的斯威夫特。你现在正在埃米尔矿中！”

巴德惊讶地深吸一口气，韦恩走到一个桌子抽屉前，拿出一小叠黄色打印纸。“也许你已经找到了《在遥远的阿拉伯半岛旅行》那本书剩下的部分。但是撕下来的页面都在这儿。”

“你就是这么找到矿山的？”巴德问道。

韦恩摇摇手说：“根本不是。我很确信没有别人可以找到它。我来告诉你们我怎么找到的。”韦恩点燃一根雪茄，继续说道：“我在几个月前无意中看到有人在这些古老的矿山里工作。那时欧罗巴工厂派我去卡布里斯坦骗取一份开发合同。当然，我没有告诉任何人我的发现——甚至包括我自己公司的人。”

然后，韦恩解释道，他返回A国，想买汤姆·斯威夫特微型原子能发电装置的专利权。

他认为，这个发明可以帮组他免费开发卡布里斯坦的资源。

“自然而然我就可以主管项目。”韦恩狡猾地笑着补充道，“一个秘密开矿山的绝妙机会——然后我就会变成大富翁！”

他打开另一个抽屉，拿出几颗闪亮的红宝石。

“看看这些红宝石！”韦恩幸灾乐祸地说，“你们知道这个矿值几百万吗？但是你，汤姆，好孩子，用你的固执摧毁了我的计划。你的朋友普罗法德与你成功达成了协议，而不是欧罗巴工厂。即使这样，我还是认为我可以在其他人发现这个矿山之前，攫取足够多的财富！”

为了让当地人不再造访此地，韦恩继续说道，他雇用了很多假的神学家。在他的指使下，他们开始散布矿山被恶魔诅咒了的古老传说。

“这是个无比聪明的办法，你们不觉得吗？”韦恩吐着烟圈得意地笑道，“甚至弗拉伯的秘书也落入了这个圈套！但是我现在为什么坐在这儿和你说这些？因为我有任务要交给你，斯威夫特。”

韦恩叫来一名叫格斯克的武装警卫，带男孩们穿过几条相连的矿山隧道。

“矿山作业范围延伸了好几千米，就像一个穿过山谷的养兔场，”韦恩解释道，“这也就是为什么格斯克能神出鬼没然后抓住你们的原因。”

汤姆数了一下，除了拿步枪对准他们的格斯克，另外还有好几个男人。

其中有三个穿着皱巴巴的卡其色衬衫和短裤，看起来像格斯克一样的欧洲人，他们都全副武装。其他几个都是年长、健壮的山地人，从事红宝石矿山的挖掘工作。

在一间四面都是铁墙的屋里，韦恩给男孩们展示了高射炮。它的底座使它可以退回到地下。

隧道被很多伸到地面的垂直竖井穿透，留下很多孔，提供了空气和光线。“当然通风口是用灌木丛掩藏的。”韦恩告诉汤姆和巴德。

最后他们来到一道铁门前。韦恩拔下门闩示意两个男孩进去。

汤姆进入这间大屋时，吃惊地瞪大了眼睛。这是一间科学实验室，堆满了各种最新的研究装备！

墙上排列着化学药品架、电子齿轮、手册、科学期刊、反射光谱和X射线装置，甚至还有一台电子显微镜。此外，还有机械工具、电子火炉、五金器具货架、金属材料和一台发电机。

“布置得不错，是吧？”韦恩自吹自擂道。

巴德指着远处角落里的一个巨大实验间怒吼一声。只见，实验间的地上放着被射下的磁性追踪信鸽机身，有些部件已经被拆下。

“很聪明，你发明的那个小自毁装置，”韦恩对汤姆说，“它破坏了原子能发电装置，正好足够摧毁你的秘密等离子磁场控制。”韦恩大笑起来。“但是这次我们不必冒第二次爆炸的危险，找出原子能发电装置的工作原理。”

“你是什么意思？”汤姆冷冷地答道。

“我的意思就是现在我请到了它的发明家——你——还有

你要让它恢复原样正常工作！”

“如果我拒绝呢？”

韦恩的蓝眼睛变得冷酷起来。“如果我是你，我就不会拒绝。除非你和你的朋友不想活着走出这里。”他停顿了一下，咬掉一根新雪茄的尖部，“如果你修好你的微型原子能发电装置，并且向我报告了所有细节，也许我们可以做个交易。在那之前，你们都得被锁在这里。”

韦恩和格斯克往门外走去。“顺便说一下，那个地方是通向地面的。”韦恩指着顶部的开口补充道。

“但是你们休想耍任何花招。那上面的出口日夜都有人把守！”

铁门被锁上了，巴德绝望地坐在地上，说：“我们被困在这里了，机长！”

汤姆的大脑已经高速运转。“原来这就是他们的阴谋！”他冷静地回应道。

在营地，迪林、汉克和其他人从下午到晚上一直反复尝试用无线电联系两个男孩。直到夜幕降临，男孩们还是音讯全无。

汉克开“蓝天女王”匆忙地搜索，但是最后被迫放弃。

“没有希望了。我们只能等待了。”他对同伴们说。

整个营地都因为汤姆和巴德的消失陷入阴郁中。已经过了午夜。

这时一个哨兵猛拉警笛惊醒了所有人。探照灯照亮整个营地，队员们都从床铺上慌乱地爬下来。

“发生了什么？”汉克·斯特林快速从棚屋里出来质问道。

哨兵向他跑了过来。“来了许多骑手！”他喊道，“我们被攻击了！”

第十八章 意外发射

营地外响起一阵雷鸣般的铁蹄声。因为太黑，汉克看不见骑手的样子，但是可以听见他们越来越靠近的声音。

汉克大声命令。“阿维德，快发射烟幕弹！乔，快发防毒面具！”

骑手渐渐逼近营地，汉克和队友们只有几分钟时间准备防御。前面两个领头的骑手穿了战服，其他人都挥舞着步枪——有的戴着高边毛毡帽，有的戴着俾路支部落族人的头巾。

“抓住他们！”汉克喊道。

骑手们唰地一下停止前进，他们所有人身上都布满尘土，看起来就像跋山涉水来到这里。

“把武器收起来！”那个黑胡子首领呵斥道，“我们是来交朋友的！”

汉克眯缝着眼睛认出了那人就是纳汗·弗拉伯。

“如果你们的人扔下步枪，我们就会放下武器！”乔咆哮道。

“别傻了，”弗拉伯说，“我们不是西大荒来的盗贼！”然而他还是向骑手们下了命令。

他们闷闷不乐地把步枪塞进了马鞍鞘里。

“现在是深夜，对吧，你们来进行一个友好访问？”汉克镇静地说。

“还不是任务太紧急，”弗拉伯说，“你们的一架飞机没能成功回来，对吧？”

汉克身体突然僵直，又紧张又渴望，又害怕听到坏消息。

“是的，”汉克说，“你知道什么消息吗？”

“飞机在山谷里坠落了，大概在这儿的东北方向。”

弗拉伯的话语引起了一片沮丧。他解释说，在到达山谷几小时前他就接到了消息。信息是由信号和传讯者发回来的。

“你的意思是你在这些被诅咒的山上都布置了监控？”乔满怀疑惑地脱口而出。

弗拉伯笑着。应该说是，信息来源。”他尖锐地指出，“你们知道的，我们仍然想进行卡布里斯坦政府指派的一两个项目。”

“请你们吃丛林狼小饼吧，那么你们一定从我们第一次搬到这个营地就开始监视汤姆、巴德和大家！”乔说，“还发送了信号弹！”

这个黑胡子工程师咧嘴笑了。“如果你的一个牧场主对手在你的领地里放牧吃草，你会不进行密切监视吗？”

乔机灵地斜眼看一眼弗拉伯，正好对上他的目光，这位性格坚韧的厨师忍不住笑出来：“我明白你的意思啦，朋友！”

“听着！”汉克突然说道，“现在我们最担心的是汤姆和巴德。你能告诉我们准确的坠毁地点吗？”

弗拉伯摇摇头说：“很不幸，不能。但是我可以带你们去见第一个看见并发回报告的人。他是一个游牧民，住在离东北部很远的山区，见到他最快的方法是坐飞机。”

阿维德、斯利姆·戴维斯和其他机组人员还是对弗拉伯很怀疑。

“我们怎么知道应不应该相信他？”阿维德质问汉克，“这很有可能是一个陷阱。不要忘记军队收到的假情报——还有那些地雷！”

当被质问时，弗拉伯愤怒地否认参与过任何事件。汉克和乔都感觉他说的是实话。

“好吧，所以我们不能确定他说的是不是真的。”这些A国人私下商议后，汉克承认道，“但是他把汤姆和巴德从那些野蛮的部落族人手中救了出来，是吧？我认为他提供的帮助是可靠的。”

其他人都像汉克一样对男孩们的命运倍加担忧，一致同意了汉克的看法。黄昏时，汉克和弗拉伯乘坐一架喷气式飞机离开，留下阿维德负责营地。

弗拉伯这个业余飞行员带汉克去了。但是当他们降落后，汉克只看见荒芜的山坡！

地面上只有野炊剩余的灰烬和被牲畜践踏过的痕迹。

“这是什么？陷阱？”汉克责问道。

弗拉伯的脸沉了下来。“我不耍花招，”他说，“我说过了，这些人是游牧民——四处游荡的牧人。很明显，他们到别的地方去了。”

汉克重新燃起希望，开始乘飞机在空中侦察。游牧民一天时间肯定走不了多少路。

30分钟后，当飞机在山坡上空盘旋时，弗拉伯指着右边一片山地牧场大喊。

“看！我看见他们了！”他欢呼道，“那下面有新搭建的帐篷。”

汉克俯冲向那个地点。帐篷点缀在陡峭的山坡上，旁边拴着马和骆驼。一些山羊和一群卡拉库耳大尾绵羊在山坡上吃草。

飞机下降时，游牧民从帐篷中蜂拥而出，大喊大叫，开始开枪。连弗拉伯都对他们明显的不友好感到十分吃惊。汉克也因为找不到降落地点而惊恐万分。

他试图把喷气式飞机停在崎岖的山坡上，汗珠从他额头上不断滑落。最后他放弃了，直飞天空。

“不管用。”汉克说道。

他很不情愿地决定还是先飞回营地，然后开一辆原子能车过来。汉克因为这个新的挫折而倍感焦虑。因为白白浪费了好几个小时，而原子能车的最高速度也难以和喷气式飞机的速度相提并论。

当他们返回游牧民营地时已经是下午三点左右，那些牧民又一次向空中射击，想击退原子能车。但是汉克和弗拉伯安全着陆。

游牧人安静下来，在车旁围聚，弗拉伯用库尔德语与其中一个男人交流。汉克看到那个男人戴着流苏头巾，那些流苏是用来掸走燥热阳光下飞着的苍蝇的。

弗拉伯与那个男人交谈了几分钟，然后满脸困惑地看向汉克。“他们在害怕什么东西。”他说道。

“那辆飞行车？”

“不，虽然他们刚开始时有些害怕。很奇怪，他们害怕的东西似乎和消失的红宝石矿山有关。”

汉克不耐烦地嘲笑道：“你的意思是仅仅因为那个矿山可能遭受了恶魔的诅咒他们就很害怕？”

汉克这番话引起了非同凡响的效果！

游牧民哆哆嗦嗦地向后退，眼中布满恐惧。

“我犯了个天大的错误。”弗拉伯责备道，“这些是耶西迪德尔库人——既胆小又迷信。他们很害怕恶魔，甚至连名字都不敢说。”

弗拉伯挑选出他的那个熟人，那个告诉他飞机坠毁消息的人，这样他们可以私下交谈，但是那个人害怕地向后退，拒绝回答。

弗拉伯重复他的问题，开始是恳求，然后就愤怒起来。他和汉克把口袋都掏空了，想用钱和礼物引诱游牧人。但是那个男人一言不发。

弗拉伯叹了口气，耸耸肩放弃了。“没有希望了。他很可能害怕他的游牧民同伴会杀了他。”

“他甚至都不愿意指出飞机坠毁地点？”汉克愤怒地问道。

弗拉伯摇了摇头。“发生地点就是被诅咒的红宝石矿山。但是矿山在哪儿——谁知道呢？”

这时，在地下矿山实验室里，汤姆·斯威夫特正在准备一个大胆的计划。他遵循西蒙·韦恩的指令，想让他的原子能发电装置恢复正常工作。

韦恩今天早上来过实验室检查工作进度。

这位健壮的工程师看到汤姆忙忙碌碌地工作，拨弄着胡子洋洋得意地笑了。

“我知道你很聪明，斯威夫特！”韦恩说道，“和我一起工作，也许我会考虑让你加入我的红宝石计划！”

他离开前承诺下午会返回。当韦恩拔下门闩时，巴德拿出了一个匆忙藏在工作台下的小火箭机身。

“太好了，他没有怀疑你，机长！”巴德笑着说，他和汤姆一整夜都疯狂地制作着火箭。

几小时后，火箭制作完成。汤姆快速在里面装入原子能动力舱和磁性追踪设备。他们磁鼓调到重复播放模式，并将归航装置的主操舵装置与一台小型随动控制器相连。这些都是可以操控微型火箭的设备。

“那便条怎么办？”巴德问道。

“马上就好。”汤姆急匆匆地写了一张便条，描述了跟踪无人机找到矿山的方法，然后用螺丝拧上盖板。两个男孩把火箭放在一个制作粗糙的发射架上。“好的，巴德。发射！”

巴德按下了缆线底端的按钮。

呜呜！火箭咆哮着冲出通风井，震颤了整个矿山。

接下来就是一阵愤怒的叫喊声。几秒钟后，韦恩、格斯克和其他两个全副武装的男人挤进了实验室。

“运气真不好，”汤姆向他们道歉说，“我这个愚蠢的朋友因为承受了太强的电流，爆炸了。”他挥舞着一个事先准备好的伪装成不小心爆炸的残骸。

韦恩气得满脸涨红。过了一会儿，他平静下来，眼中透出一丝凶狠。“好吧，斯威夫特，你这次比我聪明。但是不会再有第二次机会了。我已经派人在这儿监视，确保你按我说的去做！”

第十九章 红宝石武器

韦恩的声音中透着冷酷无情，让汤姆和巴德感到一阵寒意。男孩们不安地看看彼此。韦恩说的“那个人”会是谁？

高大的金色大胡须工程师转向格斯克，用某种欧洲语言发布命令。格斯克笑着匆匆离去。

汤姆和巴德紧张地等待着。与此同时，韦恩划亮火柴，点燃雪茄，恶毒地笑着看他们。不久他们就听到隧道里传来的脚步声。格斯克用枪顶着一个人来到实验室——一个衣服皱皱巴巴，手被绑到后面的瘦弱年轻男人。

“艾德！”汤姆和巴德一同叫出汤姆堂兄的名字。

“另一个容易上当受骗的傻子，误打误撞自己送上门来！”韦恩笑着欣赏两个年轻人崩溃的样子。艾德看到汤姆和巴德变成了俘虏，而自己也成了俘虏，感到万念俱灰。尽管如此，两个男孩还是很庆幸艾德看起来没受伤。

韦恩洋洋得意地讲着艾德被捕的过程。“那些来自矿山的红宝石，”他说，“交给不同的代理人售卖出去——其中一个就是珠宝商。”另一个是书商。但是他谨慎地监视着每个卖家，防止矿山秘密泄露。书商也同样受到了这种监视。

是艾德向珠宝商询问红宝石的消息引起了他们对他的跟踪。这是“金牙先生”做的。

“金牙先生”曾听艾德和普罗法德提起过汤姆·斯威夫特。他还听说艾德要拿宝石到一个珠宝专家那里镶成戒指。之后，在当艾德找遍书店寻找关于卡布里斯坦的书时，间谍汇报他买了一本叫《在遥远的阿拉伯半岛旅行》的书。那个团伙很害怕他或者汤姆·斯威夫特探出矿山的秘密——尤其是当艾德直接飞回肖普顿时。因为艾德在他们找出应对策略前就飞走了，所以“金牙先生”就制造了爆炸恐慌，使他有机会从艾德的行李箱里偷出这本书。

“的确，你给我们带来了很多麻烦，朗斯特里特。”韦恩说道，“所以，可想而知，当你自投罗网时我们多么开心——尤其是再次见到你的那一刻！”

韦恩拍着大腿仰天大笑。三个俘虏满脸厌恶地看着他。韦恩对汤姆和巴德补充道：“你们两个相信暗杀邪教的故事时，真的把我逗乐了！”

巴德眼中充满了愤怒，“我猜那些地雷阵和我们是间谍的假情报也都一定让你捧腹大笑吧！”

韦恩仍然笑着点头。“很对，男孩。那些也是我开的小玩笑。”

“米尔扎·马鲁克也是你们的成员之一？”汤姆问道。

这个抓捕者哈哈大笑。“那个无用的痴迷者！不。他只是一只孤狼！”

“那么你现在笑够了吧。”汤姆简洁地说道，“现在你想怎么样？”

当韦恩盯着这位年轻发明家时，脸上换上一副冷酷的神情。“我已经给过你和我们合作的机会了，斯威夫特。我甚至打算让你加入我们的红宝石计划！但是你们捣鬼了。现在我会对你们增加惩罚。”

韦恩拿出一块手表，放在实验室工作台上。“在明天早上八点之前，写下所有斯威夫特主要发明的秘密数据和公式，包括你的原子能发电装置。如果你不写，你的堂兄和同伴就会被击毙！”格斯克别有用意地用手扳动枪栓。

“提示你一下，”韦恩说道，“这次我是认真的！”他起身离开实验室，格斯克紧随其后。

铁门关上后，三个俘虏面面相觑，全都面色苍白。汤姆和巴德快速与艾德聚拢，小声地告诉他火箭计划。

“希望你的计划能成功，汤姆，”艾德嘟囔道，“你的队员能在八点前从营地赶到这儿吗？”

“太轻松了，我觉得，”汤姆说，“除非他们先去沙拉巴达，向警察和军队寻求帮助。”

巴德担忧地说："天啊！我从没想过这种情况，机长。他们一定能来帮助我们，对吧，我们应该有很大希望活着出去吧？"

"不管怎么说你都能制止韦恩的恶行吧？"艾德问道，"我的意思是，写下一些假公式。"

汤姆耸耸肩说道："这个值得一试。但是说实话我不确定韦恩能否被骗过去。那个家伙可是个一流工程师啊！"

"那么给他真的信息怎么样？"巴德建议道，"我确信一旦我们从这儿出去，那些东西不会对他有什么帮助！"

汤姆摇摇头说："依我看，那就像是签了我们的死刑执行令。一旦韦恩得到了他想要的所有信息，他怎么可能还让我们活着？"

汤姆的话语使大家都陷入无边的绝望。巴德和艾德心灰意冷，一言不发。但是汤姆没有时间绝望。他的大脑高速运转，寻找脱离苦海的办法。

突然，一盘红宝石进入他的视线，很明显红宝石是被抛光打磨过的，储存在实验室里。

"等一下。朋友们！"汤姆充满希望地说，"也许我们还有一个方法在救援队赶到之前拖延住韦恩和他那伙人！"

当他说这话时，汤姆的送信火箭划过天空到达营地。队员们看到导弹都惊恐地叫嚷起来。但是火箭灵巧地落在地面上——归航装置完美地指导火箭降落成功。

“我——我——我厨房的大烟囱啊，那是什么？”乔跑到事发地点吼叫道。

“可能是颗哑弹。”一名队员猜测道。

“说不定是埋地雷的那伙人发射到这儿的，”斯利姆·戴维斯反驳道，“它更像一个陷阱！”

阿维德第一个过去察看火箭，他若有所思地摸着下巴。“我猜你们都错了，”他嘟囔道，“它十有八九是机长的太空朋友之一！”

他的话语引起了其他人的一致认同。几个月前，从外太空发射来的一颗导弹落在斯威夫特企业集团的空地上。上面刻有奇怪的符号代码，汤姆和他的爸爸都试图翻译过来。之后他们与发送者进行联系，得知对方属于另一个星球。从那以后，他们在汤姆和他爸爸陷入困境时就屡次帮助过斯威夫特家族。他们发送过很多次火箭。

“天哪！”乔说道，“阿维德，你说得对。也许是那些外星生物知道汤姆陷入困境，就来帮忙了。让我们打开这个东西看看里面有什么吧？”

“如果它像斯利姆说的是个陷阱怎么办？”另一个机组人员反对道，“那样会把整个营地夷为平地！”

阿维德自己也惴惴不安。外星人已经不止一次把无用的标本塞进火箭里发射过来。这些都需要被拆除并谨慎处理用于科学研究。如果他和其他成员太草率地打开这枚火箭，然后毁坏了独一无二的实验品怎么办?

“在我们接触它之前，我认为我们应该用无线电联系汤姆的爸爸询问一下。”阿维德争辩道。

机组成员们都赞成阿维德的建议，认为这是最安全的方法。

但是当迪林用无线电联系肖普顿时，却得到了令人失望的消息。

“斯威夫特先生被叫去执行一个和火箭工程有关的秘密任务，”这位企业集团通信员报告说，“他明天可能会回来，但是在此之前任何人都不能打扰他。”

迪林挂断电话，没有告诉那边他为何打来电话。这个消息只会惊动斯威夫特夫人和桑迪。

阿维德在听到斯威夫特先生无法接听电话后，召集机组成员开了个会。

“我认为我们应该等到明天中午，”阿维德说道，“汉克那时可能已经到达飞机坠毁点。如果没有，我们会清空营地，然后由我亲自打开火箭。”

尽管乔很担心推迟带来的后果，其他机组成员还是同意先等待。

一晚上，汤姆都疯狂地在矿山地下实验室工作。巴德和艾德看汤姆打造了一台与巴德在企业集团看到的微波激射器相似的装置。

“我终于有机会用真的红宝石啦。”汤姆苦笑着说。他用最大的未经雕琢的石块磨出一根细杆。“让我们一起祈祷我们能发射一个稳定、清晰的信号来向前哨站寻求帮助。”

汤姆完成装置，注意到八点的最后期限不幸地降临了。他快速写出几页精心修改过的数据和公式，然后画了一些草图。

但是当他正要用微波激射器发送信号时，俘虏们听到了拔下门闩的声音。“那些卑鄙小人！”巴德抱怨道，“他们早来了五分钟。”

韦恩走进来，格斯克紧随其后，拿着一把卡宾枪。“好了吗？”韦恩简洁地质问道。

汤姆沉默地把纸递给他。韦恩眯着眼睛看了一会儿，然后火冒三丈地抬起头。

“垃圾！”他愤怒地把纸撕碎，“你认为我会被这种胡言乱语骗过去？好吧，斯威夫特，你又一次试图骗我，那么承担后果吧！”

格斯克举起卡宾枪，瞄准艾德·朗斯特利特。汤姆知道他别无选择，只能用红宝石微波激射器当武器。他抓起装置用拇指打开开关。

灼热的针状光线射在格斯克的手腕上！

格斯克被光线灼伤，痛苦地扔下卡宾枪咆哮着抓住他的手腕。巴德扑向武器并迅速抓起来！韦恩趁机把格斯克推出

门外，然后自己也跟着跳出去，随即锁上了铁门。

过了一会儿，韦恩用扬声器大喊道：

“斯威夫特！投降或者像陷入陷阱里的老鼠一样淹死，选一个吧！”

第二十章 喷气机营救

水已经通过门缝涌进来。汤姆、巴德和艾德面色苍白地看着，面前可怕的危机使他们的心像杵锤一样剧烈跳动着。

“我们现在该怎么办，机长？”巴德竭力保持声音平稳，“你可以试着用红宝石微波激射器给前哨站发送信号吗？”

但是正当巴德说话时，日光灯突然熄灭。实验室陷入一片黑暗，只有微弱的日光透过通风口射下来。

“答案摆在这儿了，”汤姆沉重地说，“他们一定是关掉了电源——这意味着微波激射器起不了作用。”

三个人陷入困境之中，不断涌出的水已经没到大家的脚踝。

韦恩刺耳的声音通过扬声器传来。“现在怎么样？你们打算投降了吗？”

“进来看看啊！”巴德咆哮着反击道，“我们已经准备好抓住你的八字胡然后把你按在水底！”

汤姆为巴德的斗志昂扬会心一笑。

韦恩咆哮着回答道：“好吧！这是你们这些无知的人自找的！”

汤姆迅速审时度势说道：“我们要浮起来，通过通风口逃出去！它足够宽，能让我们三个人都出去！”

艾德开始在实验室里走来走去，试图到一个好角度观察通风口。汤姆抓住他的胳膊说：“等等！别忘了上面有守卫！他们很可能已经蓄势待发，只等我们上去！”

汤姆说的话很显然已经被他们听到，一阵嘲笑声从通风口传下来：“我们等着呢，你说得对！就像瓮中捉鳖！”

“我会处理好这个，让我们都出去！”巴德对他的同伴们小声说，他沿着墙走，为了在部分工具架子的遮蔽下接近通风口。他拿着格斯克的卡宾枪朝通风口开枪。枪声引发了上面的警报。

“干得好，伙伴，”汤姆低声说，“你已经扫清道路！”

水涨得越来越快，不久便没到男孩们的腰部。巴德看守着通风口，汤姆和艾德在下面放置了一个工作台，站在上面。

20分钟后，实验室已经被淹没。三个俘虏踩着水向上游。他们一个拽着一个，扶着墙，相互支撑。汤姆和艾德托着巴德，让他能举着枪不被水淹没。

“很好的电梯啊！”巴德挖苦地说。

“如果我们成功游出去，要怎么做？”艾德紧张地笑道。

“跑！”汤姆建议道，“如果巴德能快速射击吓退他们，我们也许就能找到隐蔽点。”

三个人都不是百分之百相信这番话。机会看来很渺茫，但是三个人都决心勇敢一搏。

“有一件事对我们很有利，”汤姆提醒同伴们，“那就是他们都站在通风口的一侧，或者他们会互相开枪——我们就能清出一条道！”

几分钟后，他们的头已经伸出地面——瞄准一个敌人准备射击。

“嘿！那是什么？”巴德叫道。

飞机接近的嗡嗡声格外清晰。男孩们听见通风口外的警笛声，然后看见一个银翼巨物在头顶呼啸。

“蓝天女王！”汤姆兴高采烈地叫道，“还有两架喷气式货机！”

韦恩和他的队员在通风口旁聚拢，等待歼灭汤姆他们。但是现在他们惊恐万分地冲到最近的隧道入口。

飞机不给他们逃离的机会，在低空盘旋并对地面发起猛烈的攻击！“蓝天女王”低空盘旋然后泰然自若地在离地面几米高处停住，哈伦·艾姆斯拿起一个扩音器咆哮道：“不许动！放下武器，举起手来！”

20分钟后，斯威夫特机组人员都下了飞机并捆住囚犯。汤姆、巴德和艾德仍然对这次救援感到很吃惊，大家纷纷给予他们熊抱，又拍着他们的后背。

“那么你们收到我们藏在火箭里的消息了？”汤姆问道。

“我们本来要等到中午，”阿维德不好意思地回答道，“但是就在黄昏时，乔按捺不住好奇心，悄悄溜出去用自己的钩子打开了火箭。”

“干得好，老乔！”汤姆、巴德和艾德欢呼道，满怀感激地围住了这个厨师。

“我只是一个无价值的老牛仔，就连分子和电子都不懂，”乔骄傲地笑着说，“但是有时候我不是这么一窍不通的！不论怎样，这些万恶的响尾蛇导弹，会被放在鼠洞里很长时间——这就是他们的下场。”

几个月后，普罗法德在卡布里斯坦的科技援助项目全速进行，由斯威夫特的微型原子能动力装置提供电能的新村庄在绿色的农场间如雨后春笋般建立起来，学校、医院、工厂和矿物精炼厂都处于建设阶段或已经建成。

红宝石矿山确实产量丰富，立刻给卡布里斯坦政府带来稳定的财政收益。当地四处遍布、不计其数的矿床已经被斯威夫特企业集团的空中探测器发掘出来，不久后就能为这个国家的财富做出贡献了。汤姆将一些科技工程转包给了一家公司。

这位年轻的发明家感到他在这个伟大的事业中尽到了应尽的责任，他终于可以飞回肖普顿的家了。他已经开始计划进行其他的发明。下一项发明“百万巨视太空探测器”，将会给他带来更多荣誉。

在离开卡布里斯坦前，汤姆和他的朋友被邀请到沙王在沙拉巴达的宫殿。这位统治者进行了一个演讲。

“为了表彰你们为我国新的力量与自由所做的伟大工作，”沙王当着很多新闻记者和外交家说，“我现在授予你——小汤姆·斯威夫特，卡布里斯坦的最高奖赏——红宝石之令！”

他将一枚镶满珠宝的勋章别在既尴尬又喜悦的年轻发明家胸前，还给汤姆的同伴们颁发了其他奖赏。

为了奖励乔·温克勒在营救汤姆、巴德和艾德时做出的卓越贡献，沙王给这位容光焕发的矮胖厨师一条华丽的头巾和一件闪闪发亮的彩虹色长袍。

“这将是你独一无二的一件装束了，老前辈！”汤姆笑着对乔窃窃私语，“你最好用它替换掉你的宽边高呢帽和那些狂野的运动衫！”

乔快乐地笑着说：“也许你说得对，朋友。就等我回到故乡穿上这些衣服，让他们开开眼界吧！”